Diogenes Taschenbuch 22689

de
te
be

Sławomir Mrożek

Emigranten

Schauspiel
in einem Akt

Aus dem Polnischen von
Christa Vogel

Diogenes

Originaltitel: ›Emigranci‹
Die Uraufführung erfolgte 1974 in Paris

Umschlagillustration: René Magritte,
›La Rencontre‹, 1926/27

Veröffentlicht als Diogenes Taschenbuch, 1994

www.diogenes.ch
10/12/8/2
ISBN 978 3 257 22689 8

Emigranten

Schauspiel
in einem Akt

Personen

XX

AA

Bühnenbild

Graue, schmutzige Wände mit Wasserflecken. Eine niedrige Decke. Von der Decke herab hängt eine nackte Birne. Sehr helles, streuendes Licht. Rechts hinten eine Tür.

(Rechts und links vom Zuschauer.) Keine Fenster. Längs der rechten und der linken Wand – ziemlich weit vorn – je ein Eisenbett. Über dem an der linken Wand hängen ein Mantel und ein hölzerner Kleiderbügel an einem Nagel. An der Rückwand, nach links hin, ein altmodischer Ausguß. Er sieht aus wie ein Kübel, der an ein Ausflußrohr montiert ist. Den Ausguß bedeckt eine gelbliche, stellenweise abgeplatzte Emailschicht, das Rohr ist verrostet. Über dem Ausguß ein Wasserhahn aus Messing. Über dem Hahn ein primitives Brett, auf dem Brett zwei Rasiergeräte, eines ziemlich schäbig, das andere von etwas besserer Qualität. Über dem Brett an einem Nagel ein großer, billiger Spiegel, neben dem Ausguß, ebenfalls an Nägeln, zwei Handtücher.

Rechts hinten ein verschlissener Wandschirm. An der Rückwand, von der Decke bis zum Boden, Rohre von verschiedenster Stärke, Kabel, Leitungen etc., je nach Phantasie des Bühnenbildners angeordnet. In der Mitte der Bühne steht direkt unter der Birne ein Tisch. Zeitungen dienen als Tischdecke. Auf dem Tisch zwei schmutzige Teller, zwei Löffel, zwei Plastikbecher, zwei offene Konserven-

dosen, eine leere Bierflasche, eine Schachtel mit Teebeuteln, Zigarettenstummel. Zwei Stühle – einer links, einer rechts vom Tisch. Auf dem Stuhl links liegen graue Hosen, auf der Stuhllehne hängt eine Tweedjacke und ein seidenes Halstuch. Unter dem Stuhl ein Paar Schuhe.

Auf dem linken Bett liegt ein unrasierter Mann im Morgenrock und in Socken, mit den Füßen zum Zuschauerraum. Er ist schlank, zwischen dreißig und vierzig, hat dünne, schüttere Haare und trägt eine Brille mit dunkler Fassung. Er liest ein Buch. Auf dem Bett an der rechten Wand sitzt auf einer billigen Decke der Hund Pluto, ein ziemlich großes, grellfarbiges Stoffhundmaskottchen.

Auf dem Stuhl rechts neben dem Tisch sitzt ein Mann in einem schwarzen, unmodernen Anzug aus grobem Stoff, wie ihn die Bauern am Sonntag tragen, weißem Hemd und mit schreiend bunter Krawatte. Sehr spitze und sorgfältig blankgeputzte Schuhe. Der Mann ist kräftig, untersetzt, hat riesige Pranken und ein volles, glattrasiertes Gesicht, dichtes Haar. Sein linkes Profil ist dem Zuschauerraum zugekehrt, er betrachtet seinen Partner auf dem Bett. Auch er ist zwischen dreißig und vierzig.

Einen Augenblick lang liegt AA *und liest,* XX *sitzt da und sieht vor sich hin.*

XX Na, was is'n? AA *reagiert nicht. – Pause.* XX *wiederholt lauter* Na, was is'n?

AA *ohne seine Lektüre zu unterbrechen* Es heißt: Was ist nun?

XX *knetet sich die Waden.* Haste 'ne Zigarette?

AA *greift, ohne seine Lektüre zu unterbrechen, unter das Kopfkissen und zieht eine Schachtel Zigaretten hervor. Er hält sie* XX *hin. Der steht auf, schlurft zum Bett und nimmt sich eine Zigarette aus der Schachtel.* AA *liest immer noch.* XX *läßt die Zigarette heimlich in der Hosentasche verschwinden und nimmt sich eine zweite. Er zögert einen Augenblick, dann wiederholt er diese Operation. Er steckt also auch die zweite Zigarette in die Tasche, nimmt sich eine dritte und steckt sie sich in den Mund.*

XX Danke, hab schon. AA, *tief in die Lektüre versunken, zieht jedoch seinen ausgestreckten Arm noch nicht zurück. Pause.* Gut, dann nehm ich noch eine. *Er greift nach der Schachtel.*

AA Gib her. Rück sie wieder raus!

XX *nimmt gehorsam eine Zigarette aus der Hosentasche und steckt sie wieder in die Schachtel. Er dreht sich um und will weggehen.* AA *liest mit ausgestrecktem Arm weiter.*

AA Gib her!

XX Hab doch schon.

AA Du hast drei genommen.

XX *zieht die zweite Zigarette aus der Hosentasche und legt sie in die Schachtel zurück.* AA *steckt die Schachtel unter das Kopfkissen, ohne seine Lektüre zu unterbrechen.* XX *geht in die Mitte des Zimmers und zieht eine Streichholzschachtel aus der rechten Hosentasche. Er nimmt ein Streichholz aus der Schachtel und will es gerade anzünden – da hält er ein und linst verstohlen zu* AA *hinüber. Als er sieht, daß der immer noch liest, steckt er das Streichholz wieder in die Schachtel und die Schachtel wieder in seine rechte Hosentasche, geht zum Stuhl, an dem die Jacke hängt, befühlt die Taschen und findet eine Streichholzschachtel. Er zündet sich die Zigarette an, steckt die Streichholzschachtel in seine linke Hosentasche und setzt sich wieder auf seinen Stuhl, in der gleichen Haltung wie vorher. Er zieht genüßlich den Rauch ein. Er knetet sich die Waden, macht den Kragen auf, lockert den Schlips, zieht sich die Schuhe aus. In den Socken hat er riesige Löcher. Er pustet unsichtbaren Staub von den blankpolierten Schuhen und stellt sie dann sorgfältig neben den Stuhl. Erleichtert streckt er die Füße aus und bewegt die Zehen. – Pause.*

XX Ich war auf'm Bahnhof.
AA *ohne seine Lektüre zu unterbrechen* Na und?
XX Nichts. Viel Betrieb. *Pause.* Hab 'n Bier getrunken.
AA *ungläubig* Du?
XX *bestimmt* Klar. *Pause.* Zwei Bier *Pause.* Am Buffet.
AA Ah!...
XX Da sind Telefonzellen.
AA Na und?
XX Nichts. Die Leute telefonieren.
AA Aha.
XX Ich nich. Ich sag mir: wozu. Ich hab daneben gestanden...
AA In Ordnung. *Pause.*
XX Und Zeitungskioske.
AA Oh!

XX Mit Zeitungen und Kugelschreibern.

AA Na und?

XX Nichts. Die Leute kaufen Zeitungen.

AA Aha.

XX Und lesen sie. Ich nich. Ich sag mir: wozu.

AA Richtig.

XX Ich hab daneben gestanden. *Pause.* Und Schalter. *Pause.* *AA reagiert nicht.* Ich sage: Schalter.

AA Was?

XX Fahrkartenschalter.

AA Fahrkarten?

XX Die Leute kaufen Fahrkarten am Schalter. *AA pfeift bewundernd.* Ich nich. Ich hab daneben gestanden.

AA Recht hast du.

XX Und dann sag ich mir: Ich geh mal auf'n Bahnsteig.

AA Wozu?

XX Is umsonst. Bei uns zu Haus muß man 'ne Bahnsteigkarte kaufen – die hier lassen einen umsonst. Schön blöd.

AA *abwesend* Wer?

XX Die hier. Ich also auf'n Bahnsteig.

AA Aha. Na und?

XX Nichts. Schienen und Zug.

AA Was für ein Zug?

XX Na eben Zug. Vom Wind. Ich sag mir: Geh ich wieder. Und gerade will ich zurück, da geht der Lautsprecher. Ich sag mir: Bleib ich noch. Also – ich bleibe. Wieder Zug – und Schienen … Ich sag mir: Na dann geh ich. Und gerade will ich gehen, da seh ich: Er kommt.

AA Der Zug.

XX Woher weißte? *Pause.* Stimmt. 'n Zug. Elektrisch. Fährt ganz leise. Weil er elektrisch is. Bei uns fahren sie mit Dampf. Hier nur elektrisch. Tut denen das nich leid, die viele Elektrizität?

AA Nein.

XX Ein Zug vom Ausland. Nur Schlafwagen, mit lauter Schildern, 'n schöner Zug. Aber ich – ich laß mir nich imponieren. Zünd mir nur 'ne Zigarette an.

AA Deine eigene?

XX Ich hatte welche. Ein erstklassiger Zug. Aber ich steh ganz ruhig und sag mir: Bei Fuß, mein Hundchen! Kein Stück weiter, hier is Endstation. Bei Fuß! Hierher! Und er fährt und fährt, bis ...

AA ... bis er hält.

XX Woher weißte? *Pause.* Also er hält. Und nu steht er. Ich sag mir: siehste? Hab ich dir nich gesagt, daß du nich weiter fährst?

AA *blättert eine Seite um.* Und was antwortet er?

XX Nichts, er steht.

AA Ist das alles?

XX Eisenbahner mit Karren. Auf den Karren Bettzeug und Decken. Erstklassige Decken, hundert Prozent Wolle. Hab eine angefaßt. So viel Decken, und alle hundert Prozent Wolle. Aber ich – ich laß mir nich imponieren. Ich steh da, ich rauche, die Leute steigen aus. Da war ein Japaner im Mantel, bestimmt keiner von hier.

AA Nein.

XX Hab ich mir gleich gedacht. Aber was geht mich das an, ich laß mir nich imponieren, ich steh da und rauche. Das darf ich ja, oder?

AA Darfst du.

XX Mein gutes Recht. Ich sag mir: Wenn ich ausgeraucht hab, geh ich. Jetzt müssen doch alle raus sein. Ich will gerade meine Zigarette ausmachen, da taucht im Fenster vor mir 'ne Dame auf und ruft: »Gepäckträger!«

AA Du hast verstanden, was sie gesagt hat?

XX Ich nich, aber der Gepäckträger. Der kam gleich angerannt. Jesus Maria, Haare hatte die! Bis dahin... bestimmt 'ne Schauspielerin. Ich sag mir: Wartest noch, bis die aussteigt. Ich verbrenn mir die Finger, weil der Tabak an der frischen Luft so schnell runterbrennt, und die war keine Filter... Aber ich laß mir nich imponieren, schieb sie von einer Hand in die andere und ärger mich, daß ich keine Spitze dabei hab. Ich sag mir: Mal muß sie ja aussteigen.

AA Na und?

XX *triumphierend* Sie is ausgestiegen.

AA Das hast du hingekriegt. *Eine immer länger werdende Pause.* Ist das alles?

XX Nein. *Kichert.*

AA Weshalb lachst du?

XX *kichert weiter.*

AA Was ist daran so lächerlich?

XX Weil ich sie...

AA *blickt zum ersten Mal von seinem Buch auf und sieht XX an* Was?

XX Na so... *kichert.*

AA Hör auf zu lachen.

XX Ganz ernsthaft... ich hab sie...

AA Wo?

XX In der Toilette. Erster Klasse.

AA Aber da muß man doch zahlen.

XX Na und?! Sie hat für uns beide gezahlt. AA *klappt das Buch zu.* Sie wollte noch mal, aber ich nich.

AA *nimmt seine Brille ab und steckt sie in die Tasche seines Morgenrocks. Er dreht sich auf die Seite, stützt sich auf die Ellenbogen und sieht* XX *an.* So? Und was weiter?

XX Nichts.

AA Wieso nichts?

XX Ich sag dir doch, ich wollte nich noch mal. Sie wollte noch mal, aber ich nich.

AA Gut, aber was war danach?

XX Danach? Danach bin ich gegangen.

AA Und sie?

XX Sie is auch gegangen.

AA Und du hast dir nicht ihre Adresse geben lassen?

XX Nein. Sie wollte mir ihre Adresse geben, aber ich sag mir: wozu. Nachher verlier ich sie noch …

AA Aber sie wollte, daß du dir ihre Adresse aufschreibst?

XX Ja, wollte sie. *Pause.* Ein General hat sie abgeholt. Bestimmt ihr Mann. Mit 'ner Limousine.

AA Aha.

AA holt die Zigaretten hinter seinem Kopfkissen hervor, steckt sich eine in den Mund, sucht Streichhölzer in seiner Morgenrocktasche; steht auf und geht zum Stuhl, wo seine Jacke hängt, sucht in den Jackentaschen, findet keine.

XX Feuer?

AA geht zu ihm, XX zieht Streichhölzer aus seiner Jackettasche und zündet ihm die Zigarette an. AA wirft die Hosen auf das Bett, setzt sich auf den Stuhl. Er macht einen Zug.

AA Willst du wissen, wie es war?

XX Hab ich doch gerade erzählt.

AA Nein. Ich frage dich, ob du wissen willst, wie es wirklich war?

XX Wenn du's besser weißt …

AA Natürlich weiß ich es besser. Also, noch mal von Anfang an. Stimmt, du warst auf dem Bahnhof. Aber nicht gleich. Als du dich heute morgen wie jede Woche vor dem Spiegel rasiert und dich in diesen Anzug und in die spitzen Schuhe gezwängt hast, da hattest du überhaupt nicht die Absicht, dahin zu gehen … Manchmal frage ich mich, warum du diese Ballettschuhchen anziehst, obwohl sie dich zum Krüppel machen. Glaubst du denn, daß deine Haxen darin weniger elefantenhaft aussehen?

XX *beleidigt* Das sind sehr teure Schuhe.

AA Von mir aus. Wohin bist du also gegangen? Auf die Straße. Jeder hat das Recht, auf die Straße zu gehen. Aber die Blicke … Man sieht dir schon kilometerweit an, wer du bist. Du hast das Recht spazierenzugehen, und die andern haben das Recht, dich anzustarren. Und deine ausländische Fresse zu bestaunen. Denn du bist Fleisch und Blut unseres Volkes, der Stolz unserer Ideologen, obwohl du das vielleicht gar nicht weißt. Heiliges Protoplasma für unsere Patrioten, die allerheiligste Hostie in unserer Nationalmesse …

XX Du sollst nich lästern …

AA Das sind Metaphern. Aber du weißt ja nicht, was eine Metapher ist, du unschuldiges Opfer des Klerikalismus.

XX Is mir egal. Aber du sollst nich lästern. Das erlaub ich nich.

AA Kommen wir zu deinem Spaziergang zurück. Als du am Kino vorbeigehst, sagst du dir: Da könnte ich mal reinschauen.

XX Ich mag Kino.

AA Natürlich. Im Kino starrt dich niemand an, weil alle auf die Leinwand starren. Du auch. Irgendwas flimmert und flirrt auf der Leinwand. Du weißt zwar nicht was, weil du nicht verstehst, was sie sagen, aber das ist unwichtig. Das wichtigste ist, hier fühlst du dich in Sicherheit. Aber das Kino hat einen fundamentalen Nachteil: Es kostet Geld.

XX Ich geh nie ins Kino.

AA Eben. Aber noch ist nicht alles verloren. Es bleibt dir der Bahnhof.

XX Der Hauptbahnhof.

AA Natürlich der Hauptbahnhof. Wenn schon, denn schon. Ich habe keinen Augenblick lang angenommen, daß du dich mit irgendeinem Vorortbahnhof zufrieden gegeben hättest. Du schießt direkt auf den Hauptbahnhof los, auf den Hauptbahnhof aller Hauptbahnhöfe. Da hast du nur Vorteile! Erstens ist der Eintritt frei. Zweitens bist du da kein Fremder. Es gibt keine Fremden dort, weil der Bahnhof eben für Fremde da ist, und darum sind dort alle Einheimische, und die

Fremden sind sogar einheimischer als die Einheimischen. Da ist dein fremdländisches Aussehen ganz in Ordnung. Und außerdem ist es auf dem Bahnhof hell und warm … Es gibt Kioske mit Zeitungen, Telefonzellen, Fahrkartenschalter …

XX *verträumt* … ein Buffet …

AA Und ein Buffet. Also hast du am Zeitungskiosk herumgebummelt, an den Telefonzellen, am Fahrkartenschalter …

XX Ich hab 'n Bier getrunken …

AA Das bezweifle ich schon. Bier kostet Geld. Aber ich bezweifle nicht, daß du im Pissoir warst.

XX Und auf'm Bahnsteig?

AA Unterbrich mich nicht. Zu dem komme ich ja gerade.

XX Zuerst war ich auf'm Bahnsteig.

AA Das stimmt. Physisch warst du zuerst auf dem Bahnsteig und erst danach im Pissoir. Aber intellektuell hast du den Bahnsteig ex post verarbeitet, wobei das Pissoir eine wichtige, sozusagen eine befruchtende Rolle spielt, weil es dich inspirierte.

XX Willste mir vielleicht erzählen, es gab keinen Bahnsteig?

AA Aber natürlich, natürlich gab es einen Bahnsteig, ein Zug ist angekommen, du hast vor dem Schlafwagen gestanden, hast deine Zigarette geraucht, die Reisenden sind ausgestiegen, das ist alles in Ordnung. Es stimmt sogar, daß aus dem Schlafwagen eine besonders schöne und elegante Frau ausgestiegen ist.

XX Siehste!

AA Das hast du dir alles angesehen und dann bist du ins

Pissoir gegangen. Nein, nicht in eine Toilette, nicht in eine saubere Toilette mit Blumen auf dem Tisch, einer Klosettfrau, Weibern, blankgescheuerten Kacheln, wo es nach Deodorant riecht und wo man Geld für die Benutzung zahlt. Du bist in ein gewöhnliches Pissoir gegangen, wo der Eintritt frei ist für jedermann, wo die Zigarettenkippen in dem stinkenden, schaumigen Urin schwimmen und den Abfluß verstopfen, wo niemand sich traut, das Handtuch zu benutzen, das da seit Urzeiten hängt, weil es so dreckig ist. Wo es stinkt. Die Männer grabbeln andächtig und konzentriert in ihren Hosen, jeder in seiner, jeder für sich, jeder aber mit den andern in dieser ausgiebigen Promiskuität verbunden. Aber das schreckt dich nicht ab, ganz im Gegenteil. Ich übergehe deine Unempfindlichkeit, was Gerüche betrifft. Aber wo findest du einen zweiten Ort, an dem der Nachbar in genau der gleichen Lage ist wie du? Wo eine ähnliche Gleichheit herrscht? Nirgendwo. Es schadet nichts, daß es eine vulgäre Gleichheit ist, für dich ist das wichtigste, daß sie authentisch, deutlich und sogar übertrieben, karikaturhaft expressionistisch ist. Um so besser, denn bei deinen unterentwickelten Sensorien nimmst du nur wahr, was gigantische Ausmaße hat. Jede Differenzierung oder Nuance entgeht dir sowieso. Also warst du dort sehr lange. Aber leider konntest du nicht bis in alle Ewigkeit bleiben. Als du deine Sache erledigt und als du aufgehört hattest, so zu tun, als hättest du noch was zu erledigen, als du dich gekämmt hattest – merkwürdig, wie eng bei dir die Urologie mit der Kosmetik verbunden ist –, da tauchtest du wieder aus dem Untergrund auf. Und dann erst hat sich in deinem gekämmten Schädel – merkwürdig, wie bei dir die Kosmetik die Gehirnarbeit anregt ... ob das Kratzen des Kamms dabei eine Rolle spielt? –, dann erst hat sich dieser dumme, naive Schwindel über dein Liebesabenteuer mit der Dame aus dem Zug eingenistet.

XX Ich hab sie ...

AA Quatsch. Einfach horrender Quatsch. Du hast vor dem Schlafwagen gestanden und dir mit deiner armseligen Kippe die Finger versengt. Die Zigarette war deine einzige Sicherheit, sonst warst du nur Erwartung, Neid, Bewunderung, Erniedrigung ... Natürlich, du hast von ihr geträumt, und du hast in ihr noch mehr gesehen als nur eine Frau. Im übrigen habe ich den Verdacht, daß du gar nicht weißt, was das heißt: eine Frau. Deine Erotik geht über die Primärfunktion der Sexualität nicht hinaus. Du hast in ihr ein Symbol gesehen, die Welt, die dir so völlig, so absolut und so brutal verschlossen ist. Und da du in der Wirklichkeit diesen Abgrund nicht überwinden kannst, hast du ihn in deiner Phantasie übersprungen. Zugegeben, eine ungewöhnliche geistige Leistung für deine Verhältnisse, wobei dir das Pissoir wesentlich geholfen hat. Du hast das Geschehen auf dem Bahnsteig interpretiert, hast ihm im Pissoir ex post eine endgültige Form gegeben, unter Umständen, die deine Phantasie beflügeln.

XX Hör auf!

AA War's nicht so?

XX So nicht!

AA Mach dir nichts draus. Nächste Woche gehst du wieder zum Bahnhof.

XX *greift eine leere Bierflasche vom Tisch, schlägt den unteren Teil der Flasche am Tisch ab. In der Hand behält er den ausgezackten Flaschenhals. Beide stehen auf. Pause.*

AA Schon gut, geschenkt! Du hast sie gehabt, du hast sie gehabt. Sie hat sich dir hingegeben, sich dir zu Füßen geworfen, dir die Hände geküßt, die Füße, deine spitzen Schuhe, sie ist dir nachgekrochen, hat dich und deine Schuhe angebetet. Sie und der General und das Auto des Generals! Der General hat salutiert, und sie haben dir zu Ehren ein Feuerwerk abgebrannt, und hinterher haben sie dir ein Eis gekauft. Weil du so schön bist! Alle bewundern dich. Bist du jetzt zufrieden? Ist dir jetzt besser? Genügt dir das?

XX *setzt sich und legt die Bierflaschenscherbe auf den Tisch. Pause.*

AA Möchtest du Tee? *Versöhnlich, will einlenken* Ich kann dir ja einen Tee machen.
XX Immer mußte alles verderben.
AA Bist du beleidigt?
XX Was hast'n du gegen mich?
AA Du bist beleidigt, weil ich dir die Wahrheit gesagt habe.
XX Immer haste was gegen mich. Was hab ich dir getan?

AA Schicksal, mein Lieber. Ich will dir nur helfen, deine Situation zu begreifen. Allein kannst du es doch nicht …

XX Was für 'ne Situation? Ich bin zum Bahnhof gegangen …

AA Eben. Das erklärt ja schon deine Situation.

XX … wollt mich amüsieren.

AA Bei uns ist das immer so: Die Tatsachen werden verbrämt, Träume und fromme Wünsche hält man für Wirklichkeit … Eine verfälschte Gegenwart wird eine kranke Zukunft gebären. Die Geschichte rächt sich …

XX Was für 'ne Geschichte …

AA Unsere, die Geschichte unseres Volkes.

XX Was für 'ne Geschichte? Die Geschichte kann mich mal … Ich war auf'm Bahnhof.

AA Das gerade ist ein Element der Geschichte. Ein kleines, aber unstreitiges Element. Du warst auf dem Bahnhof: Vergangenheitsform, also Geschichte. Die allgemeine Geschichte setzt sich aus der Geschichte einzelner Individuen zusammen. Es gibt keine Geschichte in abstracto, mein Lieber, das glauben nur Idealisten, die die Geschichte wie einen neuen Gott behandeln, als entité. Nein, ich bin kein Hegelianer. Alles hängt davon ab, wie wir deine kleine Geschichte auf dem Bahnhof interpretieren. Ob wir sie im Licht der Tatsachen sehen? Oder umgekehrt, die Tatsachen im Licht der Geschichte? Ich meine deine zusammengeschwindelte Geschichte, die du mir erzählt hast. Deine mythenschaffende Interpretation, deine interpretatorische Mythomanie …

Ein lautstarkes Getöse in einem der Rohre übertönt seine Worte. AA *winkt mit der Hand ab und setzt sich nachdenklich auf sein Bett.*

XX *streckt sich und gähnt.* Ich hab Hunger.
AA Dann iß was und laß mich in Ruhe.
XX Hab nichts zu essen.
AA Es sind doch Dosen da.
XX Meine sind alle.
AA Hast du wieder alles aufgefressen?
XX Hast du keine mehr?
AA Doch, aber ich geb sie dir nicht.
XX Warum nich?
AA Aus pädagogischen Gründen.
XX Aha. *Pause.* Was heißt das?
AA Das heißt, daß du dauernd meine Konserven frißt.
XX Is nich wahr. Meine auch.
AA Deine und meine. Wann wirst du endlich Ordnung, Disziplin und Loyalität lernen …
XX Mach ich. Aber erst möcht ich was essen.
AA Nichts kriegst du.
XX Nein?
AA Nein.
XX Dann eben nich. *Pause.* Haste was von Tee gesagt?
AA Mach ihn dir selber.

XX *steht auf, zieht sich das Jackett aus, hängt es über die Stuhllehne. Er klopft es sorgfältig ab und streicht es glatt. Er geht hinter den Wandschirm. Man hört, wie er da rumhantiert, Wasser aufstellt usw. Dann kommt er zurück und setzt sich wieder auf den Stuhl. Pause.*

XX Du, weshalb gibt's keine Fliegen hier?

AA *aus seinen Überlegungen gerissen* Was?

XX Weshalb gibt's keine Fliegen hier?

AA Wo?

XX Hier, im Zimmer.

AA *immer noch geistesabwesend* Weiß ich nicht.

XX Auf'm Flur auch nich. *Pause...* Und sonst auch nirgendwo... *Ganz aufgeregt über seine Entdeckung.* Du, haste hier irgendwo Fliegen gesehen?

AA Ich glaube nicht.

XX Ich sag dir, es gibt keine. Weder hier noch sonstwo. Sie haben hier keine Fliegen. Du, weshalb haben die hier keine Fliegen?

AA Weiß ich nicht. Vielleicht ausgerottet, aus Hygienegründen.

XX Zu Haus gibt's Fliegen. *Pause. – XX seufzt.* Schade.

AA Wozu brauchst du denn Fliegen?

XX Is gemütlicher. Man könnte sie fangen... Oder einfach zugucken... Die Zeit vergeht schneller. Zu Hause gab's Fliegen. Im Sommer. *Pause.* Fliegen und Fliegenfänger... Ich weiß noch, die wurden an die Lampe gehängt und mit so was wie Honig beschmiert, es war aber gar kein Honig. Und die Fliegen klebten an und summten. Wenn der Fliegenfänger lange da hing, war's wie richtige Musik. Manche summten tief, manche hoch, und wenn 'ne Wespe oder 'ne Bremse hängenblieb... Nein, Bremsen nich, die sind zu stark, die reißen sich los... Oder wir hatten so kleine schwarze Scheiben mit Gift. Die legte man auf'n Teller. Da mußte man aber aufpassen, daß die Kinder nich dran leckten. Ich erinner mich …

AA Ich erinnere mich, ich erinnere mich, ich erinnere mich! Und ich erinnere mich an gar nichts!

XX *ehrlich erstaunt* Wieso, du erinnerst dich nich?

AA *steht vom Bett auf und geht im Zimmer herum.* Nein, ich erinnere mich nicht, und ich will mich nicht erinnern! Dauernd höre ich nur dein »Erinnerst du dich an dies, erinnerst du dich an jenes …« Immer, dauernd, ewig, seit Jahren! Und jetzt die Fliegen, du mit deinen albernen Fliegen …

XX Aber 's gab Fliegen!

AA Hör auf!

XX Soll ich denn sagen, es gab keine, wenn's welche gab?

AA Es gab Fliegen, ja, es gab Fliegen, und was hast du davon? Muß ich mich bis an mein Lebensende an irgendwelche idiotischen Fliegen erinnern? Ich habe was Besseres zu tun.

XX Siehste! Jetzt sagste selber, daß es Fliegen gab.

AA O Jesus Maria! Hab ich denn behauptet, daß es keine gab? Nein, nein, langsam, ruhig, das ist doch idiotisch. Hör zu, es geht nicht darum, ob es Fliegen gab oder nicht. Es gab sie, es hat sie gegeben und es wird sie … nun nicht mehr geben. Das ist kein Grund, um dauernd darüber zu reden. Es gab sie mal, es gibt sie nicht mehr. Schluß, aus. Jetzt gibt es was anderes.

XX Was, zum Beispiel?

AA Wieso, was …

XX Ja eben, was … vielleicht sagste's mir …

AA Nun … alles … die Welt, ihre Probleme …

XX Was?

AA Ideen, Phänomene, Ereignisse …

XX *geringschätzig* Phhh! …

AA Gesellschaftliche, ökonomische und politische Entwicklungen, kulturelle Strömungen, dieses ganze herrliche Gewirr einer Zivilisation, die im Wandel begriffen ist, einer Menschheit, die am Kreuzweg steht. Universelle Probleme …

XX Aber keine Fliegen.

AA Gott sei Dank. Das ist sogar eine gute Metapher. Ein Symbol für die Probleme, mit denen wir uns zu Hause herumschlagen mußten: Fliegendreck. Kleine Lokalkonflikte, Konfliktchen … Kleine Chauvinismen, kleine Reformismen, kleine Portiönchen … Kleine Leute in einem kleinen Land. Hier kann man endlich seine Flügel ausbreiten.

XX Wie 'ne Fliege … Bzzzzz!

AA Und den großen Problemen die Stirn bieten, nur in großen Auseinandersetzungen entsteht Größe. Große Maße … alles im großen Maßstab. Nein, für mich gibt es keine Fliegen mehr, Gott sei Dank.

XX Aber für mich.

AA Wo denn? Hier?

XX *triumphierend* Nein, aber zu Hause. Erinnerste dich nich?

AA O Gott, nun geht das wieder von vorn los.

Hinter dem Wandschirm hört man den Kessel pfeifen.

XX Wasser kocht.

xx steht auf, geht hinter den Wandschirm, kommt mit einem Aluminiumkessel zurück, gießt Wasser in seinen Plastikbecher. Er taucht einen Teebeutel in den Becher.

AA Für mich hättest du auch einen machen können.
XX Gibste mir dann Zucker?
AA Ich hab doch schon den Tee gekauft.
XX Aber es is kein Zucker da.

AA zieht unter seinem Bett einen Lederkoffer hervor, holt einen Schlüssel aus seiner Tasche, öffnet den Koffer mit dem Schlüssel, nimmt ein Paket Zucker heraus, schließt den Koffer mit dem Schlüssel, steckt den Schlüssel in seine Tasche und schiebt den Koffer unter das Bett. Er legt den Zucker auf den Tisch und setzt sich.

XX *hält den Teekessel schräg über den Becher.* Nichts mehr drin.
AA Dann stell was auf.
XX *schlurft widerwillig zum Wasserhahn. Er dreht ihn auf, ohne jedes Resultat.* Auch nichts.
AA Ohne mich geht's wohl nicht? *Er geht zum Ausguß, dreht den Wasserhahn bis zum Anschlag auf.* Tatsächlich.
XX Da is kein Wasser, weil's nich fließt.
AA Es fließt nicht, weil kein Wasser da ist, du Idiot.
XX Is das meine Schuld?

Sie gehen zum Tisch zurück und setzen sich auf ihre Plätze. xx kippt sich Zucker in den Tee.

AA Willst du den Tee trinken? *XX nickt zustimmend mit dem Kopf* Allein? *XX nickt wieder* Und so was nennt sich Solidarität. Ich dachte, wenn dein Kumpel nicht trinkt … *XX nimmt sich noch mehr Zucker* Das wird zu süß.

XX Ich mag ihn süß. *Er probiert mit einem Löffel den Tee, nimmt noch mehr Zucker, rührt um.*

AA Er wird kalt.

XX Ich mag ihn nich heiß.

AA *holt ein Geldstück aus der Tasche* Wollen wir losen?

XX Um was?

AA Wer den Tee trinkt.

XX Wieso?

AA Weil nur ein Tee da ist, und wir sind zwei.

XX Aber es is mein Tee.

AA Aber ich habe ihn gekauft.

XX Und ich hab ihn gekocht.

AA Also haben wir den gleichen Anspruch. Das Los entscheidet. Kopf oder Zahl?

XX Kopf … AA *wirft das Geldstück hoch in die Luft.* … Zahl.

Das Geldstück fällt zu Boden und rollt unter das rechte Bett. Beide suchen es und schauen unter das Bett, gleichgültig, wohin das Geldstück in Wirklichkeit gerollt ist. Die Schauspieler spielen so, als sei es wirklich unter das Bett gefallen.

XX Hastes?

AA Zu dunkel … *Er streckt eine Hand unter das Bett.*

XX *stößt ihn weg* Laß mich mal.

AA Warte. *Er holt eine Konservendose unter dem Bett hervor.* Was ist das?

XX Das?… Zeig mal… 'ne Dose.

AA Deine? Du hast doch gerade gesagt, du hättest keine mehr. *XX reagiert nicht* Na, wenn sie niemandem gehört, nehme ich sie mir.

XX Nein! *Er entreißt ihm die Dose.*

AA Du solltest dich schämen, mich so zu betrügen. *Er setzt sich an den Tisch auf den rechten Stuhl. Er schiebt den Becher mit dem Tee zu sich.* Hattest du Angst, du müßtest sie teilen? Dein Geiz ist noch größer als deine Freßsucht. Als wenn ich auf deine Konserven angewiesen wäre. *XX versteckt die Dose wieder unter dem Bett.* Jetzt brauchst du sie doch nicht mehr zu verstecken, ich weiß es ja. Du kannst dich in Ruhe deiner Völlerei hingeben und deinen wilden, tierischen Appetit befriedigen. Nein, tierisch nicht, Tiere fressen nur so viel, wie sie brauchen. Aber du frißt auf Vorrat, maßlos, endlos. Du hast einen monströsen Appetit, der ist schon pathologisch.

XX Und du willst nichts?

AA Nein, ich bin nicht scharf auf deine Leckerbissen. *Er trinkt einen Schluck Tee und spuckt ihn sofort wieder aus.* Pfui Teufel, ist das süß.

XX Dann ess ich vielleicht 'n Happen.

AA Bravo! Der Geiz ist besiegt! Meine Methode hat Erfolg. Obwohl man bei soviel Geiz nicht weiß, ob deine Freßgier eine Tugend ist oder ein Laster. In diesem Kampf zwischen Schwäche und Laster ist der Sieger das kleinere Übel, also so etwas wie eine Qualität. Relativ, natürlich.

XX Ich ess jetzt.

AA Iß, iß, möge es dir wohl bekommen.

XX Wo is'n der Büchsenöffner ... *Er sucht den Öffner.*

AA Erklär mir mal, warum du so viel ißt.

XX Haste nich irgendwo den Öffner gesehen?

AA Wir wollen mal versuchen, das zu ergründen. Hedonistische Motive kommen hier mit Sicherheit nicht in Frage. Was also dann?

XX Er is weg. *Er geht hinter den Wandschirm.*

AA Wahrscheinlich geht es um das Verschlingen an sich. Es ist anzunehmen, daß das Verschlingen von Nahrung einen symbolischen Charakter hat, es ist eine Ersatzhandlung. Wenn du Nahrung verschlingst, dann verschlingst du die Wirklichkeit, die dich umgibt. Du verschlingst die Welt ...

XX *kommt hinter dem Wandschirm hervor. Er hat ein Beil in der Hand. Er setzt sich an die linke Tischseite,* AA *gegenüber, und versucht, die Dose mit dem Beil zu öffnen.*

AA Ja, das ist eine bestechende Hypothese. Eine Ersatzhandlung, oder besser ... eine magische Handlung. Natürlich. Daß ich darauf nicht früher gekommen bin. Eine magische Handlung, das heißt eine Handlung, in der sich auf willkürliche Art und Weise eine reale Identität zwischen den Elementen herstellt, die, wissenschaftlich gesehen, natürlich nicht identisch sind. Das Essen ersetzt dir nicht nur die gesamte übrige Realität, es ist vielmehr für dich die Realität an sich. Es würde sich lohnen, meine Beobachtungen mit den Untersuchungen der modernen Anthropologie zu vergleichen, die primitive Kulturen erforscht. Ich befürchte allerdings, daß die Ergebnisse dieser Vergleiche eine peinliche Parallele von rituellem Kannibalismus und …

XX *haut die Dose mit ganzer Kraft vor* AA *auf den Tisch.* Da, nimm!

AA Was hast du denn …

XX Na nimm, iß!

AA Warum?

XX Damit du nich soviel redest.

AA Du hast mich falsch verstanden. Außerdem habe ich dir von vornherein gesagt, daß ich nichts essen will … Ich ernähre mich mäßig und rational …

XX Wenn du nich willst, wozu redeste dann? *Er streckt die Hand nach der Dose aus.*

AA *nimmt die Dose in die Hand* Warte mal. Was ist denn das?

XX Hackfleisch, extra.

AA Wo hast du das gekauft?

XX Im Laden.

AA In was für einem Laden?

XX In 'nem ganz normalen. Gib her.

AA *setzt sich die Brille auf.* Das ist für Hunde.

XX Wieso für Hunde …

AA *liest die Aufschrift auf der Dose vor* »Non plus ultra.« Die Universalnahrung für Haustiere. Schmackhaft und gesund, zubereitet nach Rezepten, die das Ergebnis langjähriger Laborforschungen und bewährter Veterinärerfahrung sind. Eine hervorragend ausgeglichene Diät, die alle lebensnotwendigen Vitamine, Proteine und Mineralsalze enthält. Schädliche Nebenwirkungen durch Konservierungsstoffe sind ausgeschlossen. Ein Naturprodukt in Naturfarbe. Ein reichliches, aber ausgewogenes Mahl. Nahrhaft, aber ohne Nebenwirkungen wie Dickleibigkeit, Verdauungsstörungen oder Appetitlosigkeit. Das ideale Geschenk für Ihren Freund. Versuchen Sie »Non plus ultra« und Sie werden in seinen Augen den Ausdruck seiner treuen Liebe finden. Machen Sie ihm die Freude, und er wird Ihnen dankbar sein. »Non plus ultra« – Freude und Glück für Ihre vierbeinigen Freunde.

XX Na also.

AA Was »na also«?

XX Na also, sie schreiben doch, es ist gut.

AA Gut – für Hunde.

XX Die schreiben nichts von Hunden, sondern von Freunden.

AA »Vierbeinige Freunde« – das heißt Hunde. Eventuell Katzen.

XX Das gibt's nich.

AA Warum nicht?

XX Weil es Fleisch is. Fleisch soll für Hunde sein?

AA Ich sehe darin keinen Widerspruch. Hunde sind Fleischfresser par excellence.

XX Muß 'n Irrtum sein.

AA Aber hier steht ganz deutlich: »… Nahrung für Haustiere« … und hier, sieh her, bitte, Veterinärerfahrung … überzeugt dich das nicht?

XX Zeig mal. *Er nimmt die Dose in die Hand und dreht sie nach allen Seiten.* AA *setzt seine Brille ab und steckt sie in die Morgenrocktasche.* Glaub ich dir nicht.

AA Wer von uns kann denn Fremdsprachen: du oder ich?

XX Das sagste absichtlich, um mich zu ärgern.

AA Dann guck es dir doch an, da ist ja auch ein Bild. Ein fröhlicher Hund vor einer aufgehenden Sonne. Der Inbegriff von Wohlstand und Zufriedenheit.

XX Na und?

AA Wieso »na und«? Dieser Hund ist fröhlich, weil er gerade den Inhalt dieser Dose gefressen hat. Bildersprache verstehen sogar Analphabeten.

XX Bild is Bild. Es gibt viele Bilder. Bei uns zu Hause hatten wir auch 'n Bild mit'm Hirsch auf dem Brunftplatz bei Abendröte; der sah zufrieden aus. Na und? Sollte das vielleicht heißen, er hatte Gras gefressen?

AA Schon möglich.

XX Nein, 'n Bild allein bedeutet nichts. Das Bild is hier drauf, damit es hübsch aussieht, als Verzierung. Das is eben ein besonders feines Essen. Mit 'nem Bild …

AA Meinetwegen. Ich kann mir denken, daß du dieses Produkt gekauft hast, weil es billig war. Du hast die billigste Fleischdose im ganzen Geschäft gekauft.

XX Erstklassige Qualität.

AA Für Hunde.

XX Super.

AA Hunde sind sicher sehr zufrieden.

XX Und ich – ess das jetzt! *Pause.*

AA Hab ich es dir etwa verboten?

XX Soll ich?

AA Warum nicht. Wenn es dir bis jetzt noch nicht geschadet hat? *Pause.* Na, warum ißt du denn nicht …

XX *wirft die Dose wütend in die Ecke. Er sitzt mißgelaunt da. Pause.* Weil ich kein Hund bin.

AA Nein?

XX Nein!

AA Wie du meinst. *Pause.*

XX *steht auf und hebt die Dose auf* Du … du hast gesagt, vielleicht is es auch für Katzen?

AA Kann sein. Unsere vierbeinigen Lieblinge, das können auch Katzen sein.

XX Bestimmt?

AA Bestimmt. Aber was ändert das …

XX Weil, wenn es für Katzen is, kann ich's essen, aber wenn es für Hunde is, dann nicht … Was das betrifft, das nich! Bin ich denn ein Hund, daß ich Hundefutter esse!!?

AA Du hast dir ja gerade selber die Antwort darauf gegeben.

XX Aber du sollst mir sagen, ob ich 'n Hund bin? He? Bin ich 'n Hund?

AA Nein, du bist kein Hund. Kein Mensch ist ein Hund. Jedenfalls … sollte er keiner sein.

XX Siehste! Wenn das für Katzen ist, kann ich's essen. Katzen sind was anders. Katzen sind keine Hunde. Du, sag doch, dann kann ich vielleicht, oder?

AA Du könntest, eventuell …

XX Bestimmt?

AA Du kannst, du kannst … *Schreit plötzlich* Außerdem friß doch, was du willst! Was geht mich das an!

XX Das heißt, ich kann. *Er macht sich daran, die Dose mit dem Beil zu öffnen.*

AA Laß das.

XX Aber du hast doch selber gesagt, ich kann.

AA zieht den Koffer unter seinem Bett hervor. Er schließt auf und nimmt eine Konservendose heraus, stößt den Koffer wieder unter das Bett, aber schließt ihn nicht mehr zu. Er stellt eine Dose vor XX auf den Tisch.

XX Für Menschen?

AA Für Menschen.

XX Na, das is was anders.

XX beginnt, die Dose zu öffnen. Über ihren Köpfen hört man das Trampeln einer angeheiterten Gesellschaft, die die Treppe hinaufgeht. Laute Männerstimmen, das Gelächter von Frauen. AA geht zu einem der senkrechten Rohre und hält sein Ohr daran.

AA Sie gehen in den ersten Stock. *Er geht wieder weg von der Wand.* Es gibt nichts Schöneres, als unter einer Treppe zu wohnen. Durch die Rohre kann man alles hören. Jedes leiseste Geräusch, selbst das allerintimste. Abflußrohre, Wasserrohre, Heizungsrohre, Müllschächte, Lüftungsschächte … Ich höre, wann sie weggehen, wann sie zurückkommen, wann sie sich ins Bett legen und wann sie wieder aufstehen. Ich höre, wenn sie sich berieseln lassen und wenn sie spülen. Wenn sie lüften, sich entleeren und sich vermehren. Ich habe nur noch nicht gehört, wie sie sterben.

XX *hat inzwischen die Dose aufgemacht und beginnt zu essen.* Die sind eben gesund.

AA Manchmal habe ich das Gefühl, wir wohnen in ihrem Bauch. Wie Mikroben. Sieh dir nur die Rohre an, erinnern sie dich nicht an Gedärme? Sehen die nicht wie Gedärme aus?

XX Rohre sind Rohre.

AA Und mich erinnern sie an Eingeweide. Wir leben hier wie zwei Bakterien im Innern eines großen Organismus. Zwei Fremdkörper. Parasiten oder noch was Schlimmeres. Vielleicht zwei Krankheitserreger, zwei Bakterien? Trichinen, Tuberkelbazillen, Viren, Gonokokken. Ich – ein Gonokokkus, ich, der ich mich immer für die wertvolle Zelle einer hochentwickelten Gehirnsubstanz gehalten habe. Damals, zu Hause, früher ... Für ein edles Neuron, für ein Elementarteilchen, das an der äußersten Grenze der Materie angelangt ist, das nicht nur Materie ist, sondern bereits über der Materie steht ... Und jetzt ein Gonokokkus. In irgendwelchen Eingeweiden. Ein Gonokokkus in der Gesellschaft eines Urviechs.

XX *mißtrauisch* Redste von mir?

AA Und zu allem Unglück kann ich Keller nicht ausstehen! Ich hasse sie. Überhaupt alles unter der Erde. Keller gehen mir auf die Nerven. Auf die Seele. Ich brauche Sonne, Luft, Raum. Ich bin ein Kopfmensch, und den Kopf sollte man hoch halten, damit er normal funktionieren kann. Als fortgeschrittenes Glied der Evolution eigne ich mich nicht für Höhlen. Ich habe immer im obersten Stockwerk gewohnt. Ich hatte immer einen weiten Blick aus meinem Fenster. Und hier gibt es noch nicht einmal Fenster.

XX Is auch besser. Wenn Fenster da sind, zieht's nur.

AA Überall Mauern, Mauern, Mauern!

XX Dafür is es warm, weil's nich zieht.

AA Kellermief!

XX Davon is noch niemand gestorben, aber an der frischen Luft kann man sich erkälten. Mein seliger Vater hat immer im Keller gewohnt und is sehr alt geworden.

AA Und woran ist er gestorben?

XX An frischer Luft. Er kam besoffen nach Haus und is auf'm Weg erfroren.

AA Also du kannst es hier aushalten?

XX Warum nich? Die Bude is in Ordnung. Warm, billig …

AA Besonders weil ich die Miete zahle. Apropos, gestern habe ich wieder für zwei Monate bezahlt. Für Dezember und November. Und du schuldest mir noch für September und Oktober. Insgesamt für vier Monate.

XX Hab kein Geld.

AA Du hast doch gerade erst Zahltag gehabt.

XX Aber ich hab kein Geld.

Oben klingelt es, lautstarke, stürmische Begrüßung, Stimmengewirr, Türenschlagen.

AA Ich verstehe nicht, was du mit deinem Geld machst. Du müßtest durchschnittlich wenigstens soviel verdienen wie jeder andere Gastarbeiter in diesem Lande. Aber du verdienst anderthalbmal soviel, weil du zweimal soviel arbeitest. Selbst wenn sie dich ausbeuten, bleibt dir das Geld von den Überstunden. Obendrein bekommst du die Zulage für gesundheitsschädigende Arbeit. Selbst wenn sie dir nur die Hälfte der Zulage auszahlen, sind deine Einnahmen immer noch höher als durchschnittlich, also insgesamt nicht schlecht. Dagegen wohnst du in dem schlimmsten Loch, das überhaupt zu finden ist, und zahlst, da du mit mir zusammen wohnst, nur die Hälfte der sowieso minimalen Miete. Und selbst die zahlst du nicht, denn wenn ich dich daran erinnere, daß ich noch Geld von dir bekomme, sagst du, du hast keins.

XX Dafür hast du welches.

AA Was?

XX Du hast immer Geld.

AA *nach einer Pause; kalt* Bist du dir darüber im klaren, was du da eben gesagt hast?

XX Wieso, haste keins?

AA Bist du dir darüber im klaren, daß ich auch mal die Geduld verlieren könnte?

XX Na, wenn du zahlst, heißt das doch, du hast Geld.

AA Bist du dir darüber im klaren, daß ich bereits die Geduld verloren habe?

XX *beunruhigt* Wann?

AA In diesem Augenblick. *Er zieht sich die Hosen an.*

XX *hört auf zu essen.* Du ziehst dich an? AA *zieht den Morgenmantel aus und das Jackett an.* Wohin gehst du?

AA Ich ziehe aus.

XX *erleichtert* Ach so … Is ja nich 's erste Mal.

Beruhigt wendet sich XX *wieder seinem Essen zu.* AA *bindet sich das Halstuch um, steht vor dem Spiegel.*

AA Bis jetzt hast du mir leid getan, aber nun bist du zu weit gegangen. Das ist nicht mehr deine normale Schummelei, sondern eine Unverschämtheit, die schon anormal ist. Das reicht jetzt. Ich wundere mich wirklich, wie ich es so lange mit dir ausgehalten habe. Wie ich deine flegelhaften Manieren, deinen Egoismus, deine Unsauberkeit ertragen konnte … Du gehst mir sogar auf die Nerven, wenn du schläfst! Dein Kohlendioxyd macht mir Kopfschmerzen, bei deiner Schnarcherei kann ich nicht schlafen. Ich hatte Mitleid mit dir, aber jetzt hält mich nicht einmal das, weil ich keins mehr habe. Dagegen habe ich die Nase voll von deiner Gesellschaft. Du stehst mir bis hier! Bis über beide Ohren! Bis dahin! Ich gehe!

XX Den Schlüssel leg ich unter die Fußmatte.

AA Hast du was gesagt?

XX Ich sag, der Schlüssel liegt unter der Fußmatte. Falls du spät zurückkommst …

AA Ich rede nicht mehr mit dir. *Er zieht den Mantel an, bleibt neben* XX *stehen und wendet sich direkt an ihn, während er sich den Mantel zuknöpft.* Du glaubst also, daß ich zurückkomme?

XX *antwortet nichts. Er kaut gelassen, ohne* AA *weiter zu beachten.* AA *wartet die Antwort nicht ab, zuckt mit den*

Schultern und geht zur Tür. Er legt eine Hand auf die Klinke.

XX Schuhe!

AA Was?

XX Du hast vergessen, Schuhe anzuziehen. Wirst ja nich in Socken auf die Straße gehn.

AA Ich kann auf deine Ratschläge verzichten. *Er geht zurück, zieht seine Schuhe an, geht wieder zur Tür, legt die Hand auf die Klinke. Pause.* Willst du mir gütigst erklären, worauf du deine Annahme stützt, daß ich zurückkomme? …

XX Koffer.

AA Wie bitte?

XX 'n Koffer läßte hier.

AA Na und?

XX Is doch klar. Wenn man wirklich auszieht, packt man seine Sachen.

AA Ich bewundere deine Intelligenz. Aber du irrst dich. Ich nehme nichts mit.

XX Na eben. Also ziehste nich aus.

AA Soo? Also – ich gehe. Aber ich nehme nichts mit. Ich gehe zwar weg, aber ich nehme nichts mit. Ich nehme nichts mit, obwohl ich weggehe. Obwohl ich weggehe, nehme ich nichts. Ich gehe weg, ohne alles. Ist das jetzt klar?

XX Und die Wäsche, das Bettzeug, die Anzüge …

AA … die Bücher, die Manuskripte, die Fotos … Die kannst du behalten …

XX Die läßte hier?

AA Du weißt genau, daß dieser ganze Plunder keine Bedeutung für mich hat. Ich kann ohne das auskommen. Ich gehöre bereits der Nach-Konsum-Gesellschaft an, während du gerade bis zu der Phase gediehen bist, in der Glasperlen und Kieselsteine getauscht wurden. Und was meine Papiere betrifft … Na, lassen wir das.

XX Die läßte hier? Du läßt alles hier?!

AA Na, vielleicht nicht alles. Irgendeine Kleinigkeit würde ich schon gern als Andenken mitnehmen … Nein, nicht alles. Ich nehme einen Gegenstand mit, nur einen kleinen, wertlosen Gegenstand. *Er tut so, als ob er überlege.* Warte, was könnte ich denn … Ach ja, ich weiß schon. *Er geht zum Bett rechts und nimmt sich das Maskottchen, den Plüschhund Pluto.*

XX Nein!! *Er stürzt auf* AA *zu.*

AA Wieso denn nicht? Dieses unschuldige Maskottchen wird mich an die Zeit erinnern, die wir miteinander verbracht haben. Es wird mein Heimweh lindern …

XX Gib her!!

AA Du bist ungerecht. Ich lasse dir all mein Hab und Gut hier und will dafür nur dieses kleine Andenken, und du …

XX Gib das her!

AA Komm, mein Hundchen, wir gehen, wir gehen weg, Herrchen ist böse. Herrchen ist gemein, Herrchen mag uns nicht!

XX Gibste das jetzt her!

AA Komm, mein Hundchen, wir lassen Herrchen einfach hier. Und wir gehen weit weg, ganz weit, weit weg von hier …

XX versucht, ihm das Maskottchen zu entreißen, aber AA entwischt ihm und flieht hinter den Tisch. Verfolgungsjagd um den Tisch.

AA Wau, Wau! Sieh mal, wie wütend Herrchen ist! Wau-Wau! Wau, Wau! *Er imitiert das Bellen eines Hundes. Die Jagd geht weiter.* Laß dich nicht kriegen! Nicht kriegen lassen!

In dem Moment, als XX sich auf der linken Seite des Tisches befindet und AA auf der rechten, springt XX auf den Tisch und packt AA an der Kehle. Aber er hat nur das Halstuch in der Hand. AA flieht seitwärts, stolpert aber über den Stuhl und fällt mit dem Stuhl um. XX wirft sich auf ihn. AA streckt die Hand, in der er den Hund Pluto hält, hoch über seinen Kopf. XX versucht, den Hund Pluto zu erreichen. AA nimmt den Hund in die andere Hand und wirft ihn weit weg. Beide springen auf und laufen auf das Maskottchen zu, wie zwei Rugbyspieler dem Ball nachrennen. Sie stoßen über dem Hund Pluto hart zusammen. In diesem Augenblick beginnt aus dem Wasserhahn, der offen geblieben war, das Wasser zu laufen.

AA Wasser!!

AA läßt seinen Partner stehen, der gierig den Hund Pluto an seine Brust drückt, geht zum Ausguß und dreht den Hahn zu.

AA Endlich! Jetzt kann ich mir einen anständigen Tee machen.

AA nimmt den Teekessel vom Tisch, füllt ihn am Wasserhahn voll Wasser und geht hinter den Wandschirm. XX läßt ihn nicht aus den Augen. Er kniet immer noch in Verteidigungsstellung und drückt den Hund Pluto fest an sich. AA kommt hinter dem Wandschirm hervor.

AA Was machst du denn da noch … Betest du, oder was? *Er zieht den Mantel aus und hängt ihn an einen Nagel.* Na, ist schon gut! Schluß. Steh endlich auf!

XX Bleibste?

AA Nur wegen des Tees. Wo kann man einen guten Tee trinken, wenn nicht zu Hause. Ach, zu Hause. Zu Hause …

XX erhebt sich von den Knien und versteckt den Hund Pluto unter seinem Kopfkissen auf dem Bett rechts. Er setzt sich aufs Bett. AA hebt das Halstuch vom Boden auf und hängt es über die Stuhllehne des linken Stuhls. Er trägt den umgestoßenen Stuhl auf die rechte Seite.

XX Ich geb sie dir, sobald ich sie habe.

AA Du meinst die Miete?

XX Ehrenwort.

AA Kleinigkeit. Darüber brauchen wir nicht zu reden.

XX Nächsten Monat.

AA Es brennt nicht.

XX In ’ner Woche.

AA Mach dir keine Sorgen, ich bitte dich.

XX Oder übermorgen.

AA Oh!

XX Willste sie übermorgen?... Oder morgen... Willste sie morgen?

AA Ich sag dir doch, es ist wirklich nicht so wichtig. Unter Freunden...

XX Jetzt kann ich nich, Ehrenwort.

AA Uff, wie schön, in seinen eigenen vier Wänden zu sitzen. *Er will sein Jackett ausziehen.* XX *läuft diensteifrig zu ihm hin und hilft ihm.* Danke, danke, sehr liebenswürdig.

XX Aufhängen?

AA Nein danke, nicht nötig. Es kann über dem Stuhl bleiben.

AA *setzt sich bequem auf den Stuhl links.* XX *hängt das Jackett auf die Stuhllehne hinter seinen Rücken.*

AA Aber dafür, weißt du, wenn du so freundlich sein wolltest... Das Licht blendet mich. Es blendet mich schon seit langem, aber ich hab dir das nicht sagen wollen, denn dir macht es ja offenbar nichts aus... Ehrlich gesagt, diese nackte Birne ist scheußlich. Entschuldige, wenn ich dein geliebtes Interieur so diskreditiere. Aber könntest du nicht irgendeinen Schirm basteln? Aus Papier oder sonstwas... Ich war handwerklich noch nie sehr geschickt...

XX Mach ich.

AA Ausgezeichnet, du bist unübertrefflich. Da, neben meinem Bett liegen Illustrierte, die kannst du benutzen. Oder möchtest du lieber Zeitungspapier?

XX *hebt eine von den Illustrierten auf, die neben dem Bett links liegen.* 'ne Schere müßte man haben.

AA Liegt auf dem Brett.

XX *nimmt eine Schere von dem Brett über dem Ausguß. Steigt auf den Tisch. Er breitet das Illustriertenpapier aus und mißt den Umfang des Schirmes um die Birne herum aus.* AA *beobachtet ihn, wobei er seine Augen mit den Händen abschirmt.*

AA Blendet dich das nicht?

XX Was?

AA Ich frage dich, ob du in die Birne sehen kannst, ohne das furchtbare Gefühl zu haben, daß du blind wirst.

XX In die Birne?

AA Na ins Licht … Sticht das nicht?

XX Nein.

AA Tränen dir nicht die Augen?

XX Nein.

AA Brennen dir nicht die Lider? Siehst du nicht kleine schwarze, flimmernde Punkte vor deinen Augen? *Pause.*

XX Nein.

AA *steigt auf den Tisch. Er schiebt mit der Hand ein Augenlid des* XX *hoch, wie ein Augenarzt.*

AA Das andere. *Er sieht ihm ins andere Auge.* Erstaunlich.

AA steigt vom Tisch herunter. XX macht sich noch immer an der Birne zu schaffen. AA spaziert im Zimmer herum.

AA Nein, eigentlich nicht. Bekanntlich können die Abweichungen von der Norm beträchtlich sein. Bei Hypersensibilität genauso wie bei Apathie. Ähnlich verhält es sich mit der Schnelligkeit der Reflexe, von den Nervenenden zum Gehirnzentrum. Das hängt alles von dem jeweiligen Individuum ab. *Er bleibt plötzlich stehen.* Bist du je verhört worden?

XX Wie …

AA *scharf, brutal* Von der Polizei.

XX Wegen was?

AA Ich frage nicht warum, sondern o b du verhört worden bist. Warst du je in Untersuchungshaft?

XX Nein.

AA *wieder in normalem Ton* Schade. Du wärst ein ausgezeichnetes Objekt gewesen, wenn auch nicht im Sinne der Polizei. Deine Unsensibilität ließe dich alles mit Leichtigkeit ertragen, was andere nicht aushalten. Schade, sehr schade. Du wärst ein hervorragender politischer Gefangener.

XX Ich hab mit Politik …

AA Ich weiß, ich weiß, du hast mit Politik nichts zu tun. Das wolltest du doch sagen, nicht wahr? Aber man kann sich doch mal was vorstellen.

XX interessiert sich für eine Reklame in der Illustrierten, befeuchtet einen Finger, blättert eine Seite um und betrachtet die Bilder …

Was für ein Auge! Dich zu einem Geständnis zu zwingen, wäre nicht leicht ... Natürlich nur, wenn du was zu sagen hättest ... Man darf gar nicht daran denken, daß so ein Talent unnütz verkommt. So ist das Leben. Die, die eigentlich nichts sagen dürften, reden. Und die, die imstande wären, den Mund zu halten, haben nichts zu sagen.

XX Kann ich mir das rausschneiden?

AA Was?

XX Das Bunte da.

AA Du hast mir anscheinend nicht zugehört.

XX *zeigt auf eine bunte Reklame* Nur das eine da ...

AA O Gott. O Gott meiner Vorfahren ... Und deiner natürlich. Obwohl ich mich manchmal frage, ob sie wirklich einen gemeinsamen Gott hatten.

XX Dann schneid ich's aus.

XX *klettert vom Tisch und setzt sich auf den Stuhl auf der rechten Seite mit dem Gesicht zum Publikum. Er schneidet die Reklame aus. Von oben ist Musik zu hören.*

AA *faßt sich an den Kopf, hält sich die Ohren zu.* Das hat noch gefehlt! *Er sieht auf seine Uhr.* Vier Uhr? Das kann nicht stimmen! *Er hält die Uhr an sein Ohr.* Na eben, sie steht. Du, wie spät könnte es denn jetzt sein?

XX Gegen neun.

AA Das heißt, sie fangen erst an. Dann haben wir mindestens acht Stunden Vergnügen vor uns. Deren Vergnügen.

XX Vielleicht hörn se früher auf.

AA Nein, heute hören sie nicht auf, heute feiern sie bis morgen früh. Heute ist Silvester.

XX hört auf auszuschneiden, sieht nach oben und erstarrt. Man hört ein Pfeifen hinter dem Wandschirm.

AA Ah, das Wasser kocht.

Er geht hinter den Wandschirm und kommt mit dem Teekessel zurück. Er setzt sich auf seinen Platz und gießt sich Wasser in seinen Becher. Er taucht einen Teebeutel in den Becher. XX' Hände fallen willenlos herunter, in einer Hand hält er die Schere, in der anderen die Illustrierte. Die Musik oben wird leiser. AA fischt den Beutel aus dem Becher, nimmt sich Zucker und rührt um. Die Schere und die Illustrierte fallen XX aus den Händen. Er steht langsam auf und geht wie ein Automat auf sein Bett zu, zu dem auf der rechten Seite. Er legt sich auf den Rücken und starrt an die Decke. AA hört auf, den Tee umzurühren und beginnt, XX aufmerksam zu beobachten.

AA Was hast du denn? ... Ist dir nicht gut? *Er rührt im Tee, dann hört er damit auf.* Bist du krank? *XX reagiert nicht. AA steht auf und geht zu ihm hin.* Hej! ... Sag was! ... *Er schüttelt ihn an den Schultern. XX dreht sich mit dem Gesicht zur Wand, mit dem Rücken zu AA. AA sieht sich ratlos um, hebt die Schere und die Illustrierte auf und kehrt zu XX zurück.* He, du bist noch nicht fertig damit ... Na, nimm doch, schneid dir aus ... schneid dir ruhig alles aus – ich habe nichts dagegen ...

Schneid dir alles aus, was du willst, Kühlschränke, Gartenbänke, Sofas, Mofas, Klaviere, Spaliere, Krokodile, Automobile, Hackebeile, Hinterteile, Transistoren, Transformatoren, Fernsehgeräte, Freßpakete ... Telefone, Grammophone ... Das ist zwar blöd, aber ich hab nichts dagegen, schneid dir nur aus, wenn's dir Spaß macht. Ich hab überhaupt nichts dagegen, hörst du? – Ist er beleidigt, oder was? ... *Er setzt sich auf die Bettkante.* Soll ich dir was ausschneiden? ... Ich schneide dir was aus, ja? *Er schneidet die bunte Reklame zu Ende aus und legt die Schere auf den Boden.* Siehst du? Schon fertig. Kuck doch mal. Hübsch, nicht? *Er hält die ausgeschnittene Reklame mit ausgestrecktem Arm von sich und betrachtet sie mit Ekel.* He, na komm, sieh doch mal ... *Wütend* Sieh doch wenigstens mal her! Wozu schneid ich dir das denn aus! ... Kein Mucks! Neurastheniker!

AA *zerknüllt die ausgeschnittene Reklame und wirft sie in die Ecke. Eine Weile lang sitzt er ratlos da. Durch die Rohre erklingt »Stille Nacht, heilige Nacht«, gesungen von einem Knabenchor.* XX *verbirgt plötzlich seinen Kopf im Kissen.*

AA Ach so ...

AA *steht auf, sieht sich im Zimmer um, denkt über etwas nach. Dann fällt er eine Entscheidung. Er räumt den Tisch völlig leer, legt alles – auch die Zeitungen, die als Tischdecke dienten – auf den Boden an der Wand. Den Tee schüttet er in den Ausguß. Er zieht den Bezug von seinem Kopfkissen ab, dreht ihn auf die linke Seite und deckt mit ihm den Tisch wie mit einer Tischdecke. Er holt eine Flasche Kognak aus seinem Koffer und stellt sie auf den Tisch. Neben die Kognakflasche legt er das Päckchen Zigaretten, das vorher unter dem Kopfkissen war. Er spült die Becher unter dem Ausguß ab und stellt sie neben die Flasche. Er zieht sein Jackett an. Die Musik hat inzwischen aufgehört.*

AA Alles fertig! He! Wach auf! Es ist alles fertig!
XX *taucht mit dem Kopf aus den Kissen auf* Was is?
AA *feierlich* Silvester!
XX *legt sich wieder das Kissen auf den Kopf.* AA *reißt es ihm weg.* Laß mich in Ruhe!
AA Kommt nicht in Frage. Allein trinke ich nicht.
XX *wehrt sich* Ich will keinen Tee.
AA Wer sagt denn was von Tee? Wir haben was Besseres, wie sich's gehört heute abend.
XX *entdeckt die Kognakflasche und setzt sich im Bett auf* Woher haste denn …
AA Laß nur … Ich lade dich ein. Zieh dein Jackett an.
XX Wozu?
AA Weil heute Feiertag ist, ein Feiertag! Ist das noch nicht bis zu dir vorgedrungen? Eine Fete, ein Fest, eine Zeremonie, eine alte Sitte, ein Ritual! Das alte Jahr wird verabschiedet und das neue willkommen geheißen, eine neue Ära, ein neues Leben, alles ist neu, Halleluja! Schließlich wirst du bei einem so vornehmen Empfang nicht den ganzen Abend in Hemdsärmeln dasitzen. Los, mach schon! Steh auf, beweg dich, amüsier dich! …

Er zwingt XX *aufzustehen und führt ihn zum Tisch. Er nimmt das Jackett vom rechten Stuhl und gibt es* XX. Bind dir einen Schlips um! Knöpf dich zu, kämm dich! Soll das Neue Jahr anfangen zu kotzen, wenn es dich sieht?

XX Du hast auch keinen Schlips um.

AA Ich??… Tatsächlich.

XX Na?

AA Bei mir ist das was anderes. Ich trage nie einen Schlips, das ist nicht mein Stil.

XX *zieht das Jackett aus, gibt es* AA *zurück und geht zu seinem Bett zurück.*

AA Warte! XX *legt sich wieder ins Bett.* Muß ich wirklich? Unbedingt?

XX Feiertag is Feiertag.

AA *geht zu seinem Bett, auf dem Weg hängt er das Jackett von* XX *über den rechten Stuhl. Er zieht seinen Koffer unter dem Bett hervor, nimmt einen Schlips heraus, stellt sich vor den Spiegel, bindet sich den Schlips um.* XX *sieht ihm zu, dann steht er wieder auf und setzt sich auf den rechten Stuhl. Er zieht ein Taschentuch aus seiner Tasche und putzt damit seine Schuhe.* AA *präsentiert sich in seinem Schlips.*

AA Gut so?

XX *betrachtet ihn* Wann hast'n dich zuletzt rasiert…

AA Weiß ich nicht.

XX Eben. Könntste ruhig mal.

AA Du wirst doch nicht von mir verlangen, daß ich mich rasiere!

XX Wenn ich's kann, kannst du's auch.

AA Das ist ein reines Vorurteil. Heutzutage rasiert sich überhaupt niemand mehr.

XX Ich hab mich rasiert.

AA Provinzgehabe! Heute muß man sich nicht mehr rasieren.

XX Nich täglich, aber an Feiertagen.

AA Gut, ich rasiere mich. Aber unter einer Bedingung.

XX Ja?

AA Daß du dir andere Socken anziehst.

XX *betrachtet sich verwundert seine Füße mit den riesigen Löchern in den Socken* Wieso, die sind noch ganz frisch ...

AA Entweder – oder.

XX Wenn ich die Schuhe anziehe, sieht man nichts.

AA Das ist ein Ultimatum.

XX Ja, ja, schon gut.

XX zieht unter seinem Bett einen Pappkoffer hervor, nimmt ein Paar Socken heraus. Er zieht die alten aus und legt sie in den Koffer, zieht sich andere Socken an, die genauso zerlöchert sind wie die ersten. Er kehrt zum Stuhl zurück und zieht die Schuhe an. Inzwischen hat AA das Jackett ausgezogen und auf den linken Stuhl gehängt. Er steht vor dem Spiegel und beginnt sich zu rasieren. XX wartet darauf, daß AA mit dem Rasieren fertig wird, sitzt tatenlos da und beobachtet ihn. Er seufzt.

Wenn wenigstens Frühling wär.

AA Warum?

XX Im Frühling sollen manche ohne Schlüpfer gehn.

AA Fängst du schon wieder an?

XX Nein, wirklich ... Jetzt arbeiten wir beim Tiefbau ... 'ne neue Kanalisation.

AA Ich seh da keinen Zusammenhang.

XX Wenn oben eine langgeht, is von unten alles zu sehen.

AA Die Freuden des Proletariats.

XX Wir arbeiten jetzt in 'nem guten Viertel. In den Randbezirken hat sich's kaum gelohnt. Wenig los und nur häßliche ... oder alte Weiber. Jetzt haben wir elegante. In Pelzmänteln ... Einer paßt immer auf. Wenn er sieht, daß eine kommt, gibt er 'n Zeichen. Am günstigsten is'n Warenhaus, vor der Damenabteilung. Oder vor'm Damenfriseur. Vor 'nem Luxusrestaurant, da haben wir auch mal Kabel gelegt, genau in der richtigen Tiefe, anderthalb Meter. Nur 'n schmales Brett drüber, zum Rübergehn. Heilige Muttergottes, ich hab mir fast 'n Hals verrenkt. Das war 'n guter Platz! Aber jetzt, der is auch nich übel. Komm uns doch mal besuchen ...

AA Danke. Ich habe andere Möglichkeiten.

XX Am schlimmsten war's bei den Kasernen. Zwei Wochen lang nur Soldaten.

AA Geht deine Frau zum Friseur?

XX Ach wo.

AA Ins Restaurant?

XX Wieso denn! Bei uns wird zu Hause gekocht.

AA Aber sie geht einkaufen.

XX Ja. *Pause.* Bei uns im Dorf gibt's keine Kanalisation.

AA Aber Kasernen?
XX Ja. Woher weißt du?
AA Das ist doch nicht schwer. Zu Hause gibt's überall Kasernen. Dann kann sie also da langgehen?
XX Wer?
AA Deine Frau. *Pause.*
XX Was soll'n das heißen?
AA Nichts. Ich war fertig. *Er trocknet sich das Gesicht mit dem Handtuch ab.* Wir bitten zu Tisch!

XX steht auf, beide ziehen sich gleichzeitig die Jacketts an, sie stehen einander gegenüber, AA auf der linken, XX auf der rechten Seite des Tisches. Dann setzen sie sich gleichzeitig. AA entkorkt die Flasche und gießt ein.

XX Warste mal verheiratet?
AA Zweimal.
XX Wieso?
AA Ich habe mich scheiden lassen. Auf unser Junggesellenleben hier!
XX Kinder?
AA Welche Kinder … Ach so, Kinder. Nein, Kinder habe ich nicht.
XX Wozu hast'n dann geheiratet?
AA Wieso wozu? Aus Liebe, Seelenverwandtschaft, was weiß ich … Na, dann auf dein Wohl!
XX Auf deins.

Sie trinken. AA steckt sich eine Zigarette in den Mund und schiebt XX das Päckchen zu, der nimmt sich auch eine Ziga-

rette. AA *sucht in seiner Tasche nach Streichhölzern.* XX *holt aus seiner rechten Tasche ein Päckchen Streichhölzer, versteckt sie schnell wieder, nimmt aus seiner linken Hosentasche eine andere Streichholzschachtel, gibt* AA *Feuer, dann sich selber. Er steckt die Streichholzschachtel in die linke Tasche. Beide rauchen. – Pause.*

XX Weshalb bist'n du geflohen?

AA *aus seinen Gedanken gerissen* Was?

XX Geflohen … weshalb? Ging's dir schlecht zu Hause? Zwei Frauen, 'ne schöne helle Wohnung, in der Hauptstadt … hast gut verdient, bei feinen Leuten verkehrt … Und was haste hier?

AA Man flieht nicht irgendwohin, man flieht vor irgendwas.

XX Eben. Und zu Hause ging's dir besser als hier.

AA Einmal bin ich in einen Park gegangen. In der Allee spielten Kinder. Hinter einem Fliederbusch entdeckte ich einen Jungen, etwas älter als die anderen. Er bewarf die Kinder mit Steinen und versteckte sich nach jedem Wurf wieder hinter dem Strauch. Dabei kicherte er die ganze Zeit, er fand sich selber ganz toll. Ein großer, kräftiger Junge … Er warf einen Stein und versteckte sich, warf und versteckte sich … *Pause.*

XX Wie alt war er?

AA Vielleicht zehn oder zwölf …

XX *gerührt* So alt wie meiner.

AA Das war vor fünf Jahren.

XX Mein Ältester is jetzt vierzehn.

AA Ja, es hätte dein Sohn sein können. *Pause.*

XX Na und was weiter?
AA Nichts. Das war alles.
XX Hehe … jetzt sag mir mal die Wahrheit.
AA Das ist die Wahrheit.
XX Du willst mir doch nich erzählen, daß man ins Ausland flieht, weil irgend'n Bengel im Park mit Steinen schmeißt. Und nich mal auf dich. Mit mir kannste reden wie mit deinem eigenen Bruder.
AA Sagen wir also … Weil ich immer Schwierigkeiten mit der Aussprache hatte. Zum Beispiel das Wort: Generalissimus. Zu schwierig für mich. Ich konnte es nie korrekt aussprechen.
XX Du? Aber du bist doch gebildet.
AA Dann ist es vielleicht nicht eine Frage der Aussprache, sondern der Intonation. Des richtigen Tons. Ich bin unmusikalisch.
XX *senkt die Stimme, vertraulich* Biste 'n Politischer?
AA So könnte man es nennen. Hast du das nicht gewußt?
XX *steht vom Tisch auf, geht zur Tür und steht mit dem Rücken zu* AA *da.* Und das sagste mir erst jetzt?
AA Ich dachte, das war von Anfang an klar.
XX *macht vorsichtig die Tür auf, guckt durch den Spalt, macht die Tür wieder zu und kehrt an den Tisch zurück.* Stehste auf der schwarzen Liste?
AA Wahrscheinlich. XX *steht unentschlossen da.* Warum setzt du dich denn nicht …
XX *setzt sich.* War ich blöd! *Er schlägt sich mit der Faust vor die Stirn.* Dabei kam mir gleich was verdächtig vor. Tut nichts, geht nich arbeiten, liegt nur auf dem

Bett und liest. Hände wie 'ne Dame … 'n Intellektueller.

AA Woher weißt du denn, daß ich nichts tue? Glaubst du, Arbeit ist nur Buddeln?

XX Was machste'n auf deinem Bett?

AA Ich denke nach.

XX *ungeduldig, geringschätzig* Eh! … Und worüber?

AA Unter anderem über dich. Ich überlege mir zum Beispiel, ob du mich denunzieren könntest.

XX De … Deno … was?

AA Mich verraten. Nicht jetzt natürlich, und nicht hier. Aber dort, bei uns zu Hause …

XX Da haben wir uns doch nicht gekannt.

AA Glaubst du, daß man nur Bekannte denunzieren kann oder nur seine Freunde? Nein. Nehmen wir an, du sitzt im Gefängnis und ich komme dich besuchen. Ich schlage dir vor zu fliehen. Oder noch besser – ich entwickle einen Plan, wie man das Gefängnis liquidieren könnte. Würdest du dann die Wärter rufen und mich ihnen ausliefern?

XX In was für 'nem Gefängnis?

AA In einem Gefängnis, in dem es dir verhältnismäßig gut geht. Vielleicht sogar besser als in der Freiheit. Wo du was zu essen hast und wo es warm ist.

XX So'n Gefängnis kenn ich nich.

AA Wo du nur eines nicht darfst: Du darfst kein Wort gebrauchen, das mit dem Buchstaben G anfängt. Alle Worte, die mit dem Buchstaben G beginnen, sind mündlich und schriftlich verboten.

XX Warum?

AA Damit man das Wort »Gefängnis« weder schreiben noch aussprechen kann. Du kannst nur Andeutungen benutzen, Synonyme. Aber das Wort »Gefängnis« ist verboten. Du darfst es nicht aussprechen, nicht schreiben, nicht einmal denken.

XX Das is kein Gefängnis.

AA Wenn ich dir also den Vorschlag machte …

XX *springt auf* Was willste von mir!!!

AA Aber ich mach dir doch gar keinen Vorschlag! Ich überlege nur, was wäre, wenn ich dir eventuell etwas vorschlüge …

XX Ich hab Frau und Kinder!

AA Und ich habe … ich habe … was habe ich eigentlich … Nehmen wir an, daß ich Worte habe, geliebte, besonders geliebte Worte, Worte mit Anfangsbuchstaben aus dem ganzen Alphabet. Nein, ich mache dir keinen Vorschlag, ich will dich zu nichts überreden. Ich könnte es mir höchstens selber vorschlagen … Aber nein, nicht einmal das kann ich. Denkst du, ich bin ein Held?

XX Es gibt ja alle möglichen.

AA Das ist sehr schmeichelhaft für mich, aber ich kann dich beruhigen: Ich bin kein Held. Setz dich hin und trink mit mir. Von mir droht dir keine Gefahr. *XX setzt sich, AA gießt ein.* Na, dann aufs Wohl des gesunden Menschenverstandes, wenn man das so sagen kann. Obwohl – Gesundheit kann man ja nie genug haben. Prosit! Prost, zum Wohl! Und keine Angst. Ich bin ein ganz gewöhnlicher Waschlappen. Ein ganz gewöhnlicher Feigling. Und vielleicht sogar ganz normal, ganz einfach, ganz menschlich ein Schwein. Na trink doch, wir sind unter uns. *XX stellt den Becher ab.* Weshalb trinkst du nicht? *XX schweigt.* Ich verstehe. Jetzt glaubst du, daß ich ein Provokateur bin, was?

XX E, e.

AA Mach mir doch nichts vor! Ich habe gesagt, daß ich ein Schwein bin, und da hast du dir gleich gedacht, dann muß er ein Provokateur sein. Stimmt es nicht? *XX schweigt. AA hebt sein Glas.* Trinken wir? *XX reagiert nicht.* Ej, ej!... Vorsicht, paß auf!... Wenn ein treuer Diener deiner legitimen Regierung in dir Ekel hervorruft... Wie steht es dann mit deiner Loyalität? He? Schlecht, mein Lieber, ganz schlecht. Und wenn ich nun wirklich ein Provokateur wäre?

XX Hab ich nie gesagt.

AA Aber gedacht. Weshalb sagst du es also nicht laut? Was ist denn so schlimm daran? Schickt es sich etwa für einen loyalen Bürger nicht, mit einem Staatsbeamten im öffentlichen, wenn auch geheimen Dienst zu trinken? *XX schweigt. Pause.* Aha, ich beginne, dich zu verstehen. Vielleicht hast du recht. Denn wenn meine Mission geheim ist, dann dürftest du als loyaler Bürger nicht zugeben, daß du was von meiner Mission weißt. Ja, der loyale Bürger müßte eher so tun, als ob er von nichts eine Ahnung hat. Bravo! Du solltest mir sogar die Aufgabe erleichtern und ein bißchen über den Staat lästern. So ein paar kleine antistaatliche Äußerungen... Na? Halt dich in meiner Gegenwart nur nicht zurück. In Gesellschaft eines Provokateurs sollte ein loyaler Bürger nicht allzu loyal sein, um seine Loyalität besser beweisen zu können.

XX Versteh ich nich.

AA Macht nichts. Jedenfalls appelliere ich an deinen gesunden Menschenverstand. Trink mit mir zum Beweis, daß du für die Regierung bist. Und denk daran, daß ich einen entsprechenden Bericht abgeben kann. Natürlich nur, wenn ich wirklich ein Provokateur bin.

XX Mit dir trink ich nich.

AA Ajajai, Vorsicht, ich repräsentiere den Staat und die Regierung.

XX Nich deswegen.

AA Weswegen dann?

XX Du hast gesagt, du bist'n Schwein.

AA Ganz richtig.

XX Na eben.

AA Aha. Und mit einem Schwein willst du nicht trinken?

XX Warum soll ich nich mit'm Schwein trinken? Aber du hast gesagt, wir sind hier unter uns. Das heißt, ich bin auch'n Schwein.

AA Na und? Bist du kein Schwein?

XX Nein.

AA Du meinst also, du bist besser als ich?

XX Das nich. Aber warum soll ich 'n Schwein sein? Was hab ich getan, daß du mich 'n Schwein nennst? Warum nennst du mich so, sag, warum? … *AA schweigt.* »Unter uns« … *AA schweigt.* Wenn du's nich weißt, dann sag nich so was und beleidige nich andere Leute. Wenn man keinen Grund hat, dann beleidigt man auch nich. Man beleidigt nich ohne Grund. Andere beleidigen ist verboten. *Pause.*

AA Na, sagen wir, ich habe ein bißchen übertrieben. So ein großes Schwein bin ich nun auch wieder nicht. Ich hab mich hinreißen lassen, Gott weiß warum.

XX Das heißt, du bist kein Schwein?

AA Vielleicht nicht ganz.

XX *erfreut* Das heißt, wir können trinken?!

AA Ich sehe kein Hindernis.

XX *erleichtert* Na dann trinken wir.

AA Prost, mein Junge.

XX Prost.

Sie stoßen mit den Bechern an und trinken.

AA Weißt du, es ist schon merkwürdig: Weshalb könnte von uns beiden nur ich ein Provokateur sein?

XX Eh, hör auf.

AA Das heißt ... mich würde man eher verdächtigen, dich nicht. Mir würde es jedenfalls nie in den Sinn kommen, dir das zuzutrauen.

XX Nu hör auf damit!

AA Gut. Mir liegt nichts an der Vertiefung dieses Themas.

XX Wie lange dauert's noch bis Mitternacht?

AA Ich weiß nicht. Meine Uhr ist stehengeblieben.

XX Wir könnten ja wen fragen.

AA Die oben trinken Champagner. Wir hören sicher, wenn sie um Mitternacht die Korken knallen lassen.

XX Und zu Haus warten sie auf mich. Wie jedes Jahr. Die Kinder hoffen, daß ich komme ... Und ich bin wieder nicht da. Ach, is das'n Leben ...

AA Weshalb besuchst du sie nicht mal? Du kannst ja, du

bist kein Politischer. In den Ferien könntest du doch nach Hause fahren.

XX Was für Ferien?! Ich hab keine Ferien.

AA Aber du könntest welche machen.

XX Gott bewahre! Ich bin doch nich hier, um Ferien zu machen. Ich bin hier, um Geld zu verdienen. Ferien hab ich, wenn ich zurückkomme. 'ne ganze Woche. Ich leg mich in'n Obstgarten auf 'ne Decke und schlafe. Keinen Finger rühr ich. Ich blinzle mal, seh nach, ob der Himmel noch da is, und schlaf wieder ein. Und nur die Alte bringt mir was zu essen. Und dann …

AA Was dann?

XX Dann steh ich auf und zieh mich an. Elegant. Lauter Sachen aus'm Ausland.

AA Wozu?

XX Wieso wozu? Weil ich dann Namenstag hab.

AA Namenstag?

XX Ja, im Mai, genau im Mai. Ich lad das ganze Dorf ein. Na, vielleicht nich das ganze. 'n paar mag ich nich, die werden nich eingeladen. Damit's ihnen leid tut. Dann schlachten wir 'n Schwein, 'n Kalb oder 'ne Kuh … Kaufen Wodka … für alle genug … Und daß noch was übrig bleibt … Die sollen was davon haben, daß der Chef aus'm Ausland zurück ist. Und all die Sachen, die ich mitbring, werden in der Scheune ausgestellt, jeder kann gucken kommen. Aber nich anfassen. Anfassen is verboten. Nur gucken. Der Schwager muß aufpassen, oder vielleicht lieber nich, der Schwager is auch nich sicher.

AA Besser ist ein Hund.

XX 'n Hund?

AA Ein bissiger Hund, der niemanden zu nahe kommen läßt. Ein Hund allein stiehlt nicht.

XX Gute Idee. Und danach wird drei Tage gefeiert.

AA Das kann ich mir vorstellen.

XX Und wenn's vorbei is, weißte, was ich dann mache?

AA Räumst den Gästen den Dreck nach.

XX Scheiß auf die Gäste, die sind doch längst weg. Außerdem macht die Schwiegermutter sauber. Ich fange an, ein Haus zu bauen.

AA Was du nicht sagst!

XX Ja, 'n schönes Haus. Aus Stein. Mit'm ersten Stock. Und mit Zentralheizung.

AA Ist das dein Ernst?

XX Das schönste Haus in der Gegend. Alles mit meinem Geld.

AA Brauchst du lange dazu?

XX Ohohoho, 'n paar Jahre schon. Aber wenn ich fertig bin, ziehn wir weg von der Schwiegermutter und wohnen allein. In unserem eigenen Haus. Na, was sagste nu?

AA Ein schönes Projekt. *AA steht auf. Er bringt einen Toast aus.* Auf das Haus!

XX Auf das Haus!

Sie stoßen mit ihren Bechern an. – Die Hand, in der XX seinen Becher hält, beginnt zu zittern.

AA Vorsicht, du kippst es aus … He, halt es fest, ist schade drum, ist doch Verschwendung … Was hast du denn?

XX kann den Becher nicht halten und stellt ihn auf dem Tisch ab, setzt sich seitwärts zu AA*, mit dem Gesicht zum Publikum.* AA *stellt ebenfalls seinen Becher ab und geht zu ihm.*

AA Zeig mal deine Hand. XX *steckt die Hände in die Tasche.* Zeig mal deine Hand. XX *zieht zögernd eine Hand aus der Tasche.* Streck sie aus! XX *streckt den Arm aus, macht mit der Hand eine Faust.* Nicht so, ausstrecken!

AA *öffnet* XX *die Hand mit Gewalt.* XX *wendet seinen Kopf zur Seite und hält beide Hände ausgestreckt. Seine Hände zittern wie die eines Invaliden.* AA *geht zur Seite, ohne* XX *weiter anzusehen.* XX *steckt seine Hände wieder in die Tasche.*

AA Hast du das schon lange?
XX Seit einem Jahr.
AA Oft?
XX Nein, nur manchmal.
AA Aber in letzter Zeit immer öfter? XX *schweigt.* Ich frage dich, ob du das in letzter Zeit öfter hast!!

XX *schweigt.* AA *nimmt* XX' *Becher vom Tisch, stellt sich hinter* XX*, legt seinen linken Ellbogen unter* XX' *Kinn und reißt mit einem Ruck seinen Kopf nach hinten, wobei er ihm gleichzeitig den Becher an den Mund hält.* XX *schluckt den Inhalt des Bechers hinunter.* AA *stellt den leeren Becher auf den Tisch, nimmt seinen eigenen und leert ihn mit einem Zug. Er stellt ihn hin.*

XX *hat sich verschluckt* Vielen Dank.

AA Warum lernst du keine Fremdsprache? *XX hustet weiter, um etwas Zeit zu gewinnen.* Ich frage dich, weshalb du keine Fremdsprache lernst!

XX Was für 'ne Sprache?

AA Die hier.

XX *streckt seine Hände vor, sieht sie sich an. Sie zittern immer noch.* Geht gleich vorbei. *Er versteckt seine Hände in der Tasche.*

AA Antwortest du mir nun oder nicht?

XX Das heißt, denen ihre?

AA Mach mich nicht nervös! Du weißt genau, was ich dich frage. In diesem Land bist du ein Analphabet. Schlimmer – ein Taubstummer. Wann willst du endlich aufhören, ein Krüppel zu sein.

XX Auf die ihre Art red ich nich.

AA Wieso nicht? Du lebst hier, in diesem Land, du ißt, trinkst, benutzt die Straßen wie alle anderen auch. Warum willst du also nicht reden wie sie? Dann könntest du dir eine bessere Arbeit suchen …

XX Das sind keine Menschen.

AA Nein?

XX Nein. Hier gibt es keine Menschen.

AA Und wo gibt es deiner Meinung nach Menschen?

XX Bei uns zu Hause.

AA Aha.

XX *nimmt wieder seine Hände aus den Taschen* Siehste, geht schon vorbei. *Er steckt wieder seine Hände in die Taschen.*

AA Ja dann ... Weißt du, was mit Leuten passiert, die zu lange eine solche Maschine bedienen?

XX Sie werden alt.

AA Nicht nur.

XX Na, vielleicht 'n bißchen taub. *Er zieht eine Hand aus der Tasche und bohrt mit einem Finger im Ohr.* In letzter Zeit pfeift's so komisch in meinem Ohr. Ich hör nich gut.

AA Das stimmt. Aber nicht nur das!

XX *nimmt den Finger aus dem Ohr und die andere Hand aus der Tasche.* Du, jetzt isses vorbei.

AA Im Ohr?

XX Nein, mit den Händen.

AA Das ist nicht schlimm. Und das mit dem Ohr ist auch nicht schlimm. Gefährlich ist ganz was anderes. Durch die Vibration, die dein Körper acht Stunden lang täglich, viele Jahre hindurch aushalten muß, treten Veränderungen im Bindegewebe ein, das heißt in dem Gewebe, das die einzelnen Knochen miteinander verbindet. Wie lange bist du hier?

XX *betrachtet seine ausgestreckten Hände* Jetzt isses weg.

AA Ich habe dich gefragt, wie lange du schon diese Maschine bedienst?

XX Drei Jahre.

AA Die Veränderungen im Bindegewebe beruhen darauf, daß dieses Gewebe sich degeneriert. Oder anders gesagt, Knochen stößt auf Knochen ...

XX Vielleicht auch dreieinhalb.

AA Was natürlich zur völligen Arbeitsunfähigkeit führt.

XX Is wahr?

AA Krankheit und Invalidität. Das sind Tatsachen, die die Mediziner festgestellt haben. Damit beschäftigen sich besondere Institute – Hygiene und Sicherheit am Arbeitsplatz. Berufskrankheiten. *Pause.*

XX Ach was! ... Du willst mir bloß Angst einjagen!

AA *packt XX am Revers* Und du willst ein Mensch sein! Du?! Ein Tier bist du, aber kein Mensch! Vielleicht kein Hund und kein Schwein, aber ein Ochse! Ein dummer, wehrloser Arbeitsochse! Nur dazu brauchbar, daß man mit ihm pflügt, bis er die Hufe hinstreckt! Und das macht ihn auch noch glücklich! Er bietet sich noch selber an. Hauptsache, er bekommt mehr Häcksel in die Krippe! Er ist glücklich, weiter wünscht er sich nichts! Du bist doch zufrieden, nicht wahr? Na sag schon, daß du zufrieden bist?!

XX Schüttel mich nich so ...

AA Aber gerade! Ich werde dich solange rütteln, bis du aus deinem Ochsenschlaf aufwachst. Denn wenn du nicht arbeitest, dann schläfst du oder käust wieder. Ich werde dich so lange schütteln und dich so lange anschreien, bis ich aus dir einen Menschen gemacht habe. Und ich höre nicht eher auf, als bis ich das erreicht habe. Denn solange du ein Ochse bist, solange bin ich ein Schwein. Ich werde das letzte Schwein sein, wenn ich dir erlaube, ein Ochse zu bleiben. Eine andere Möglichkeit gibt es nicht.

XX *drohend* Du sollst mich nich schütteln, habe ich gesagt.

AA Wehrst du dich? Das macht nichts. Es kommt die Zeit, wo du das verstehst und mir dankbar bist. Es geht nicht an, daß nur einer von uns ein Mensch ist. Entweder sind wir es beide oder keiner von uns. *Er spricht in visionärer Begeisterung, auch etwas unter Einfluß des Alkohols, er hält* XX *immer noch am Revers.* Und wenn wir dann beide auf zwei Beinen laufen, werden wir aufrecht mit erhobenem Kopf dastehen und sehen, wie sich über uns ein Zweig wiegt und an dem Zweig eine Frucht. Diese Frucht ist eine verbotene Frucht. Aber der Wind, in dem sich die Frucht wiegt, ist der Wind der Geschichte. Wir strecken die Hände aus und …

XX *schlägt* AAs *Hände runter.* AA *läßt das Revers los und torkelt zurück.* Hände weg! *Er steht auf.* Auf wen gehste mit Händen los? Was? … Auf wen? …

AA Aber siehst du das denn nicht?!

XX Du mit Händen … gegen mich? … Gegen mich?! Du weißer Wurm, du käsiger Klugscheißer … *Er greift* AA *wütend an.* Ich werd dir …

XX *will zum Schlag ausholen. Da geht das Licht aus. Völlige Dunkelheit. Von oben ist wie immer, wenn das Licht ausgeht, ein allgemeines »Ah« zu hören. Dann Tuten und Pfeifen. Gleichzeitig schlägt die Uhr zwölf Mal, von weitem Glocken.*

AA *seine Stimme in der Dunkelheit* Es ist zwölf!

XX *seine Stimme* Wieso isses dunkel …

AA Um zwölf geht das Licht aus. Neujahr. Das ist hier so Sitte. *Pause.* Hast du Streichhölzer?

XX zündet ein Streichholz an. AA *geht hinter den Wandschirm und kehrt mit einem Leuchter zurück. Er zündet die Kerzen mit dem Streichholz an, das* XX *in der Hand hält. Er stellt den Leuchter auf den Tisch. Er dreht sich nach* XX *um.*

AA Na … XX *räuspert sich, er fühlt sich nicht wohl in seiner Haut.* Dann könnten wir ja …

XX Wie du willst …

AA Na dann …

XX In dem Fall …

AA Na sicher …

XX Warum nicht …

AA Na, dann trinken wir. *Er gießt ein, hebt seinen Becher.* Auf ein gutes Neues Jahr!

Sie stoßen mit den Bechern an und trinken, noch etwas steif und verlegen. Sie setzen sich. AA *auf den linken Stuhl,* XX *auf den rechten.*

XX Die Glocken läuten …

AA In den Kirchen … *Pause.*

XX Na, dann will ich dir …

AA Ich dir auch …

XX Was gewesen is, is gewesen.

AA Vergessen wir's … *Er streckt seine Hand* XX *hin.*

XX Auf daß es uns … *streckt seine Hand* AA *hin.*

AA Alles Gute.

XX Frohes Neues Jahr.

Sie geben sich über dem Tisch die Hände. Sie zünden sich Zigaretten an, nach derselben Prozedur wie vorher, nur daß xx *jetzt nicht mehr mit den beiden Streichholzschachteln herummanipuliert. Sie setzen sich bequem auf ihre Stühle. Von jetzt an sind sie sichtlich angeheitert, insbesondere* xx.

xx Ach … Neujahr … Geht alles so schnell … Ich weiß noch, is gar nich lange her … wie ich'n kleiner Junge war … Kühe hab ich gehütet, und aus'n Krähennestern die Eier geklaut, barfuß zur Schule … Aber nur im Herbst, im Frühjahr war zuviel Arbeit auf'm Feld und im Winter war's zu kalt … Dann is Vater in die Stadt gezogen. Die Großeltern sind geblieben, 's reinste Elend war das, aber die sind geblieben. Komisch, die Alten wollten lieber bleiben. Die liebten wohl ihr Elend.

AA Kann ich nicht drüber urteilen.

xx Also ich lieb's nich! *Er schlägt sich auf die Brust.* Kannst mich totschlagen, ich nich.

AA Wer liebt das schon.

xx Vater auch nich. Der haßte es so, daß er alles versoff. Und danach haßte er's noch mehr. Und deshalb trank er noch mehr. Aber ich trinke nich.

AA Da hast du recht.

xx Weil ich's nich liebe. Ich liebe Besitz. Und wenn ich was hab, halt ich's zusammen. Und wenn ich was ausgeb, dann alles. Stimmt's?

AA Du hast völlig recht.

xx Wenn ich arbeite, dann verdiene ich was. Wenn ich was verdiene, dann komme ich vorwärts. Stimmt's?

AA Logisch.

XX Nur manchmal sag ich mir: wozu das alles.

AA Was alles?

XX Na das, was ich hab. Ins Grab kann ich's nich mitnehmen. In'n Himmel lassen sie mich nich rein damit, und in der Hölle isses zu eng dafür. Also wozu strample ich mich ab?

AA Das ist doch dein eigener Wille.

XX Ja, aber was hab ich davon? Mach mir nur die Gesundheit kaputt und Spaß habe ich gar keinen. Ich trink nich, ich rauch nich ... Na ja, deine natürlich ...

AA *schiebt ihm die Zigarettenschachtel hin* Bitte, bedien dich.

XX Vielen Dank. *Er nimmt eine Zigarette, wirft sie aber sofort wieder auf den Tisch.* Du, für wen das alles, wozu ...

AA Und deine Kinder? Du baust dein Haus, vererbst es deinen Kindern ... Für die Kinder.

XX Und wem vererben die's?

AA Ihren Kindern.

XX Aha. *Pause.* Und wie endet das?

AA Das ist nie zu Ende, wieso soll das zu Ende gehen?

XX Aber das is doch nich möglich! Kein Ende?

AA Sicher nicht.

XX Hm, kein Ende, sagste ... Na, wozu hat's dann angefangen?

AA Du stellst mir schwierige Fragen. Bereits Schopenhauer hatte ähnliche Zweifel.

XX Wer?

AA Schopenhauer.

XX 'n Jude?

AA Nicht unbedingt.

XX Gefällt mir nich. Wenn's 'n Anfang gibt, muß es auch 'n Ende geben ... Sonst is der Anfang auch nich richtig ... Kein Ende, kein richtiger Anfang, und inzwischen schufte ich wie'n Idiot und hab nichts davon. Kein Kino, keine Mädchen ... Glaubste vielleicht, das is leicht?

AA Das habe ich nie gedacht.

XX Schreien is leicht, aber versuch mal, so zu leben wie ich ... *Er bekommt immer mehr Mitleid mit sich selber.* Weißte, wie ich hier lebe? Wie'n Hund!

AA Nana, jetzt übertreibst du aber.

XX *haut mit der Faust auf den Tisch* Widersprich mir nich! Genau wie'n Hund! Haste selber gesagt!

AA Soweit ich mich erinnere, ging es doch um ...

XX *beugt sich zu* AA *hinüber, vertraulich* Rück mal'n bißchen näher! Ich muß dir was sagen.

AA Bitte.

XX Noch näher ...

XX legt seinen Arm um AAs Schulter und zieht ihn an sich; ihre Stirnen berühren sich fast. Er flüstert leidenschaftlich, vertraulich.

XX ... Und du hattest recht.

Sie kehren beide in ihre vorherigen Positionen zurück. AA, im Ton einer übertriebenen Höflichkeit.

AA Aber neeiiiin …

XX *legt den Finger auf den Mund* Pschttt! *Schreit.* Wie'n Hund! Hunde leben besser, die müssen nich so schuften. Is das vielleicht 'n Leben? Na sag schon, is das 'n Leben?

AA Vom biologischen Gesichtspunkt aus …

XX Is das 'n Leben oder isses keins?

AA Das kommt drauf an.

XX *entscheidet die Frage* Nein. Es is keins. Gieß ein!

AA Ich glaube, erst mal haben wir genug.

XX Wir haben nich genug! Seit ich hier bin, trink ich heut zum ersten Mal. Hab ich mir doch verdient, oder?

AA Zweifellos.

AA gießt ein, sie stoßen an, sie trinken.

XX Aaaah, sehr gut … Ich geb dir 'n Rätsel auf.

AA Immer los.

XX Was is das: Hat und hat nich.

AA Warte … hat und …

XX … hat nich. *Kichert.*

AA Hat und hat nicht … Hat und hat nicht … Das weiß ich nicht.

XX Rate.

AA Das ist zu schwierig für mich. *XX zeigt mit dem Finger auf sich.* Du? …

XX Ich.

AA Hat …

XX … und hat nich! Gut, was?! *Bricht in Gelächter aus.*

AA Was hat er?

XX *hört auf zu lachen, drohend* Glaubste, daß ich nichts habe?
AA Hast du was?
XX Denkste, ich bin'n armer Schlucker?! Mein Vater war einer, mein Großvater war einer, aber ich nich! Ich werd's dir gleich zeigen …

XX versucht aufzustehen und stützt sich mit beiden Händen auf den Tisch.

AA Laß, das ist nicht nötig. *Er legt ihm die Hand auf die Schulter und zwingt ihn, sich wieder zu setzen.*
XX Ich kann mir was leisten! Herr Ober! *Er macht eine ausholende Gebärde.* Ich zahle. Alles zusammen.
AA Jetzt ist er voll.

Pause. XX schweigt mit gesenktem Kopf, AA guckt zur Birne.

AA Was ist denn mit dem Licht …

Pause. XX steht auf und geht schwankend zum Ausguß.

XX Mach mal an!
AA Es ist ja an.
XX Aha … *Pause. XX sucht im Halbdunkel den Ausguß.* Was is an …
AA Das Licht.
XX Aha … Wieso isses an, wenn's dunkel is …
AA Weil es ausgegangen ist.

XX *findet endlich den Ausguß. Er steckt seinen Kopf unter den Hahn und läßt kaltes Wasser drüber laufen.*

AA ... Merkwürdig, warum ist es ausgegangen? Es müßte längst wieder brennen.
XX *unter dem Wasserhahn* Neujahr! Neujahr!
AA Aber dafür dauert es schon zu lange.
XX Vielleicht isses die Birne ...
AA *steigt mit der Kerze in der Hand auf seinen Stuhl. Er sieht sich die Birne im Kerzenschein an.* Die Birne ist in Ordnung. *Er steigt vom Stuhl, geht zur Tür, macht sie einen Spaltbreit auf, guckt auf dem Flur nach.* Überall dunkel. Vielleicht ein Kurzschluß oder was ... *Er macht die Tür zu, kommt zurück und stellt den Leuchter auf den Tisch.* Die Kerzen sind gleich runtergebrannt.
XX *äfft ihn nach* Die Ständer sind gleich ausgebrannt.
AA Auch ein Witz ...
XX *dreht den Hahn zu, wischt sich schnaubend mit den Händen sein Gesicht ab.* Gefällt er dir nich?
AA Nein.
XX Vielleicht gefalle ich dir nich?
AA Nein.
XX Wieso sitzte dann hier mit mir? *Pause.*
AA Eine sehr wesentliche Frage.
XX Ich hab dich nich eingeladen.
AA Richtig.
XX Hast dich selber eingeladen. *Pause. XX sitzt auf dem Stuhl, diesmal auf der linken Seite.* Du, wieso sitzt'n du eigentlich rum bei mir ...

AA *setzt sich auf den rechten Stuhl* Am Tisch?

XX Ich frag dich nich nach'm Tisch. Ich frag dich, wieso du hier rumsitzt, in diesem Loch?

AA Ba …

XX Was machst'n hier?

AA Dasselbe wie du.

XX Das is nich wahr. Ich muß arbeiten. Ich bin 'n Arbeitsochse, 'n Analphabet, 'n Tier … Aber du bist gebildet, kannst Fremdsprachen … Du mußt ja nich.

AA Richtig.

XX Du kommst überall durch. Du kannst überall was werden, egal wo. Schpick Inglisch und so. Also warum sitzt'n hier bei mir? Was hast'n davon?

AA Nichts.

XX Doch, du willst was von mir. Ich sag mir manchmal: Ich bin kein Verwandter, kein Bekannter, er gibt mir zu essen, borgt mir Geld … meckert, aber borgt. Ich stinke ihm, aber er geht nich weg. Wieso geht so'n Zartbesaiteter nich weg? Du bist doch zartbesaitet, oder? Hab ich dir's vielleicht verboten? Wenn ich dir nich gefalle, wieso sitzt'n dann mit mir rum? Ich halte dich nich. Du, was willst'n du von mir?

AA Nichts.

XX Kannst mich doch nich für dumm verkaufen. Vielleicht bin ich 'n Schubiak, aber dumm bin ich nich. Du kannst mir ruhig alles sagen, wo wir doch zusammen trinken. Du, wieso trinkst'n du mit mir?

AA Zur Buße.

XX Was für 'ne Buße?

AA Ich will die Sünden meiner Väter und Vorväter

büßen. Deine und meine haben nie zusammen getrunken.

XX Is das 'ne Sünde?

AA Ja, eine Sünde. Eine Nationalsünde.

XX Willste mich hochnehmen?

AA Glaubst du mir nicht?

XX Nein.

AA Du hast recht. Hier haben wir den gesunden Instinkt unseres Volkes. Also sag ich dir: Zum Teufel mit den Vorvätern, die haben nichts damit zu tun. Es geht von mir aus, ganz allein von mir, heute ... Ich ganz allein ... Ich will mich unters Volk mischen, mich mit dem Volk verbrüdern, verstehst du? Ich bin ein Volkstümler ...

XX 'n was?

AA Ein Volkstümler. Ein Begriff aus dem 19. Jahrhundert. Und eine Idee von damals ... Sich unter das Volk zu mischen, weil im Volke die Kraft ...

XX Quatsch ...

AA Da haben wir den gesunden Skeptizismus des Volkes. Noch einen Augenblick, und ich fange an, an die Idee des Volkstums zu glauben. Ihr habt so viele Vorzüge: den gesunden Instinkt, den Sinn für Wahrheit, die Fähigkeit zur Selbstkritik ... Demnach ... Oder bin ich vielleicht ein Sozialist?

XX Unsinn!

AA Ja, lassen wir das mystische Schuldgefühl, die Wiedergutmachung von Sünden, die frühere Generationen begangen haben. Lassen wir alles völkisch-nationalistische Gefasel. Vielleicht denke ich einfach wissenschaftlich. Rationalistisch und fortschrittlich. Du bist der Motor der Geschichte. Was ist also erstaunlich daran, daß ich mit einem Motor Kognak trinke? Daß ich mit der fortschrittlichen Klasse harte Eier koche, mit ihr in Unterhosen im Zimmer herumlaufe und mir mit ihr an einem Handtuch den Mund abwische? Hast du daran nicht gedacht?

XX Nein, stimmt nich.

AA Wieso nicht?

XX Die kenn ich. Zu uns auf die Baustelle kommt auch so einer. Ganz höflich. Der brüllt uns nicht an, im Gegenteil. Der lächelt, geht uns um den Bart, verteilt Flugblätter, klärt uns auf ...

AA Und ich kläre dich nicht auf.

XX Nein.

AA Und brülle dich an.

XX Und wie! Dauernd paßt dir was nich. Mal dies, mal jenes ... Du brüllst mich an, sowie du mich siehst. Man merkt gleich, daß du 'n feiner Herr bist und kein Sozialist.

AA Ich sehe, dich kann man nicht täuschen.

XX Hehe! Dafür bin ich zu schlau. Ich hab'n Blick für so was! 'n Sozialisten erkenne ich sofort. Du, was bist'n du eigentlich ...

AA Vielleicht bin ich doch ein Provokateur?

XX Ach was ... hier nich. Dafür bin ich 'n viel zu kleiner Fisch. Für mich interessiern sie sich nich, die da oben, hier nich und zu Hause auch nich, ich bin überall 'n Arbeitstier. Wenn du'n Provokateur wärst, würdeste nich hier bei mir sitzen. Dann würdeste woanders hingehn. Zu den wichtigen Leuten. Zu den Professoren, oder zu denen von der Politik. Zu Leuten, die denken.

AA Und du denkst nicht?

XX Was ich denke, is ja nich wichtig. Ich denke, daß ich was verdienen muß, ich denke an die Kinder, an meine Frau … 'n bißchen auch an Weiber … Das is normal, jeder denkt an so was, das is uninteressant für die da oben. Solange ich nich Rabatz mache und still bin, is denen da oben egal, was ich denke. Für mich wär 'n Provokateur reineweg vergeudet.

AA Und du hast nie an Freiheit gedacht?

XX Das heißt was?

AA Na, daß du frei bist.

XX Das heißt wie?

AA Na zum Beispiel, daß du sagen kannst, was du denkst.

XX Aber ich hab doch schon gesagt, was ich denke. Das kann ich nur noch mal sagen. Ich kann von morgens bis abends reden, mir verbieten die da oben nicht, zu sagen, was ich denke. Was für Gedanken sind das schon …

AA Hast du nie daran gedacht, mehr zu denken?

XX Übers Denken nachzudenken?

AA So könnte man das nennen.

XX Nein, so blöd bin ich nich.

AA Denken ist nicht blöd.

XX Kommt drauf an. Bei uns im Dorf war'n Verrückter. Der tat nichts, weil er zu nichts zu gebrauchen war. Nich mal Kühe konnt er hüten. Kein Zuhause, keine Familie, und leben tat er von dem, was die Leute ihm gaben. Was hat er also gemacht, wo er nichts tun konnte? Was hat er gedacht? Worüber konnte er nachdenken, wo er nichts konnte und nichts tat? Er dachte nur ans Denken, er dachte nur über Gedanken nach. Na, und war der klug? Nein, der war dumm. Er war'n Verrückter.

AA Aber er war frei.

XX Jetzt kapier ich! Du bist 'n Priester.

AA Ich? Du machst wohl Witze.

XX Du bist so'n Freiheitsapostel. Kam mir vorhin schon so vor, als du mich am Wickel hattest. 'n Priesterapostel. Der kommt und sagt: Seht ihr die Obrigkeit? Die is vom Teufel. Ihr sollt dem Teufel nich dienen. Ihr sollt Christus dienen. Und was is das, euer Christus, wo is der? Zeig'n mir mal. Freiheit? Wie sieht die denn aus, eure Freiheit, was bedeutet denn die? Ich kenne nur eine Freiheit: wenn ich nicht zur Arbeit muß. Am Sonntag hab ich frei. Verschaff du mir sieben Sonntage in der Woche, und ich küß dir die Hand, wie 'nem Christus. Sieben Sonntage, aber bezahlte!

AA Und wenn ich dir selbst den einen wegnähme?

XX Du!? Was kannst'n du schon. Du kannst gar nichts. Du kannst mir weder was geben noch was wegnehmen. Du kannst weiter nichts, als auf'm Sofa liegen und vom Sofa aus Predigten halten. Sofaapostel! Sankt Ignatius vom Kanapee!

AA Ich kann das nicht, aber die da oben können es.

XX Das heißt, man muß sich mit denen gut stellen. Denn wenn sie nehmen können, dann können sie auch geben. Und du magst sie nich, die da oben?

XX Nicht besonders.

XX Und deshalb mögen sie dich auch nich. Und weißt du, warum sie dich nich mögen?

AA Da bin ich aber neugierig.

XX Weil du für die nich besser bist als ich. Du mit deiner Bildung und deinen Büchern. Vor denen da oben bist du nich schlauer als ich. Vor denen da oben zittern allen die Knie, und dann sind alle gleich. Vor der Macht sind alle gleich.

AA Wie im Pissoir.

XX Von mir aus. Ich bin nich so zimperlich.

AA Bravo! Laß dich umarmen!

XX Wofür?

AA Daß du mich nicht enttäuscht hast. Ich habe mich auf dich verlassen, und ich habe mich nicht getäuscht. Genauso jemanden wie dich brauche ich. Einen idealen Sklaven!

XX Dann biste kein Priester?

AA Nein. Obwohl ich zugebe, daß ich missionarische Anläufe genommen habe. Bevor ich begriffen hatte… Aber hab keine Angst, es wird nicht wieder vorkommen, ich werde dich nicht bekehren. Das war nur eine vorübergehende Schwäche, eine momentane Versuchung, eine gewöhnliche menschliche Inkonsequenz. In Wirklichkeit eigne ich mich überhaupt nicht zum Missionar. Außerdem liegt eine Bekehrung gar nicht in meinem Interesse.

XX Biste für die da oben?

AA Auch nicht. Ich bin ein ganz besonderer Fall. Ich brauche einen idealen Sklaven, nicht aus Gründen der

Nützlichkeit. Ich brauche dich als Modell, als Muster, als Zeichen … Besonders hier.

XX Du hast schon wieder was auf der Pfanne.

AA Überhaupt nicht. Du hast mich gefragt, wer ich eigentlich bin und was ich hier mache. Jetzt sage ich dir: Ich bin der Ritter der letzten Chance, und weißt du, wer meine letzte Chance ist? Du.

XX Was bin ich?

AA Meine einzige und letzte Chance, meine Muse, meine Inspiration …

XX Biste etwa schwul?

AA Hör zu. Das hat schon alles zu Hause angefangen. Du hast recht, vor einer Diktatur sind alle gleich. Gleichheit durch Angst. Aber es hat lange gedauert, bis ich diese Wahrheit erkannt habe. Du hingegen – wie leicht ist dir diese Entdeckung gefallen, wie einfach hast du diese grundsätzliche Tatsache festgestellt … Ich beneide dich. Christliche Demut ist manchmal mehr wert als Intelligenz.

XX Ich hab dir ja gesagt, ich bin gar nicht so dumm.

AA Erstaunlich, daß ein Mensch wie ich, der doch nicht ganz unintelligent ist, die offensichtliche Wahrheit nicht annehmen will, wenn sie seinen Stolz verletzt. Zuerst habe ich geturnt wie ein Affe im Käfig. Ich bin meinem Schwanz nachgejagt, mit großem Schwung von der Säule zur Wand und von der Wand zur Säule gesprungen, und wenn ich eine Nuß bekam, habe ich versucht, in die Schale zu kriechen, um mich dort als Herr unendlicher Räume zu fühlen. Es hat lange gedauert, bis ich meine Illusionen verloren hatte und zu dem einfachen Ergebnis gekommen war, daß ich eben nur ein Affe im Käfig bin.

XX Affen sind komisch. Im Zoo habe ich welche gesehn.

AA Du hast recht. Affen im Käfig können komisch sein. Als ich festgestellt hatte, daß ich so ein Affe bin, habe ich angefangen, über mich selbst zu lachen, und ich habe gelacht und gelacht, bis ich einen Schluckauf bekam und mir die Tränen über mein Affengesicht liefen. Und da habe ich begriffen, daß mir meine Narrheit kein Vergnügen machte, nur den Zuschauern und den Wärtern, die mir deshalb unaufhörlich Nüsse und Zuckerstückchen zuwarfen. Vom Zucker wurde mir schlecht, und die Schalen waren zu klein, um hineinzukriechen. Da habe ich begriffen, daß es für Affen keinen anderen Weg gibt als erstens: endlich zuzugeben, daß man ein Affe ist …

XX Aber ja, ja …

AA … und zweitens, wenn man nun weiß, daß man ein Affe und ein Sklave ist, daraus wenn schon nicht Würde, so wenigstens Weisheit und Kraft zu ziehen.

XX Vom Affen?

AA Vom Affen, vom Affen, mein Lieber. Stammen die Menschen nicht vom Affen ab?

XX Nein.

AA Das ist deine Meinung, aber die Wissenschaft behauptet das Gegenteil. Wenn also die Menschen vom Affen abstammen, dann bin ich, der Affe, der Aristokrat der Menschheit. In mir, dem erniedrigten und gefangenen Affen, in meinem Gefängnisdasein – steckt das gesamte Wissen über den Menschen. Wissen in seinem reinsten

Zustand, noch nicht vernebelt von den Zufälligkeiten der Entwicklungen und den Glücksspielen der Freiheit. Das ursprüngliche Wissen. Also habe ich beschlossen, diese Chance zu nützen, mit anderen Worten: Ich, der gefangene Affe, habe beschlossen, ein Buch über den Menschen zu schreiben.

XX 'n Affe kann nich schreiben.

AA Noch dazu, wenn er im Käfig ist. Stimmt. Aber das habe ich erst später gemerkt. Zunächst war ich von der neuen Perspektive ganz erschlagen. Ich beschloß, ein Buch über den Menschen im Reinzustand zu schreiben, über einen Sklaven, also über mich, – mein Lebenswerk, einzig in seiner Art, das erste auf der Welt. Der Kot und die Schalen und der andere Dreck im Innern meines Käfigs glänzten für mich plötzlich wie Brillanten. Wie viel Reichtum! Ich sagte mir: Wir haben nichts, aber wir haben die Unfreiheit. Sie ist unser Schatz. Was wissen die anderen davon? Die hier? Sie haben alles geschrieben, alles gelesen, aber über das Wichtigste wissen sie nichts. Die ganze Literatur über die Unfreiheit ist entweder falsch oder unsachlich, entweder von Missionaren oder von Befreiern geschrieben oder im besten Fall von Sklaven, die sich nach Freiheit sehnten, das heißt von solchen, die schon nicht mehr wirklich Sklaven waren. Was wissen die von dem integralen Sklaventum, das auf sich selbst gerichtet, in sich eingeschlossen ist, ohne jede Versuchung zur Transzendenz? Das sich von sich selber nährt? Was wissen sie von der Freude und der Traurigkeit eines Sklaven, von den Mysterien, Glaubensbekenntnissen und Bräuchen der Sklaven? Von der Sklavenphilosophie, Sklavenkosmogonie, Sklavenmathematik ... Nichts wissen sie, und ich weiß alles. Deshalb habe ich beschlossen, darüber zu schreiben.

XX Und haste's geschrieben?

AA Nein.

XX Warum nich?

AA Weil ich Angst hatte. *Pause.* Fragst du nicht, warum ich Angst hatte? *Pause.* Du hast recht. Ich rede ja mit einem Landsmann, mit meinem siamesischen Zwillingsbruder ... Ich hatte eben Angst; um aber schreiben zu können, durfte ich keine Angst haben. Um aber keine Angst haben zu müssen, bin ich geflohen.

XX Und nu schreibste?

AA Im Augenblick noch nicht.

XX Warum nich?

AA Weil ich keine Angst mehr habe.

XX Dir is wohl nie was recht.

AA Ein typischer circulus vitiosus. Wenn ich meine einzige Chance wahrnehme, verliere ich sie. Als ich geflohen bin, habe ich aufgehört, Sklave zu sein. In der Freiheit wurde ich immer weniger, ich zerfloß, ich löste mich auf. Ich habe mein Thema verloren und, was schlimmer ist, das Bedürfnis nach diesem Thema ... Theoretisch wußte ich noch, was ich wollte, aber praktisch war weder der Wille noch das Bedürfnis vorhanden. Glücklicherweise habe ich dann dich getroffen.

XX Was hab ich damit zu tun?

AA Du bist so, wie ich war, bevor ich aufgehört hatte, zu sein. Du bist wie ein Meteor, der auf die Erde gefallen ist, sich tief in den Boden gewühlt hat und nun feststeckt. Unveränderlich, unempfindlich für seine Umgebung. Ein Ankömmling aus einer anderen Welt, ein Mineral von einem anderen Planeten. Du bist, glücklicherweise, immer noch ein Sklave.

XX Hör auf, mich zu beschimpfen!

AA Doch, doch, das bist du, da helfen keine Proteste. Du bist als Modell und als Inspiration für mich vom Himmel gefallen. In dir lebe ich wieder auf als Sklave. Du gibst mir meine frühere Substanz zurück und entfachst von neuem meinen schwindenden Willen zur Selbstdefinition. Dir ist es zu danken, daß ich endlich mein großes Werk schreiben werde. Jetzt weißt du, warum ich dich brauche.

XX Deshalb doch nich.

AA Würde ich sonst freiwillig mit dir in diesem Loch sitzen, wie du das nennst, wenn mich nicht ein großer Gedanke, eine Aufgabe dazu brächte?

XX Und ich sag dir, das is nich der wahre Grund.

AA Weshalb sitze ich dann hier mit dir? Was meinst du? Würdest du die Güte haben, mir das zu sagen?

XX Weil du quatschen willst.

AA Wie bitte?

XX Ganz einfach, du willst mit mir reden.

AA Und worüber können wir beide uns unterhalten?

XX Is doch egal. Kann auch über Fliegen sein. Über Fliegen, Fliegenfänger … über zu Hause … über früher … Reden, sich erinnern, das is doch normal, das is menschlich. Mit wem redste denn sonst, außer mit mir? Mit denen? *Er zeigt auf die Decke.*

AA Nein!

XX Na sicher nich. Was wissen die schon. Aber 'n Landsmann versteht den eigenen Landsmann immer. Was willst'n hier mit irgendwelchen Sklaven und so? Du willst doch ganz normal, menschlich reden. Vom Sommer, vom Winter … Was man bei uns ißt, was man bei uns trinkt … Normal, von Mensch zu Mensch, von Landsmann zu Landsmann!

AA Das ist nicht wahr! Ich habe einen großen Gedanken, ich … ein großes Werk …

XX Tatarata! … 'n großes Werk. Meinste vielleicht, ich seh nich, wie du dich windest, wenn ich 'n Brief von Zuhaus bekomme, von meiner Familie? Dann gehste immer in die Ecke und liest 'n Buch, aber verkehrt rum. Daß es einem schon richtig leid tut. Denn du – du kriegst ja keine Briefe.

AA Ich bekomme keine, weil ich keine brauche.

XX Genau. Du kriegst keine, weil dir niemand schreibt. Du schreibst an keinen, und an dich schreibt auch keiner. Das haste dir so gedacht, 'n Buch schreiben. Aber du schreibst keins, obwohl du schreiben kannst. Is vielleicht auch besser, denn worüber sollste schon schreiben, du armes Waisenkind.

AA Über dich.

XX Bestimmt nich, höchstens über irgend'ne Schweinerei. Und wem nützt das was?

AA Den Leuten.

XX Die Leute haben genug eigene Schweinereien am Hals, die brauchen nich noch deine.

AA Die Leute brauchen immer die Wahrheit.

XX Aber nich so'ne Scheißwahrheit wie deine.

AA Hast du Angst, daß ich schlecht über dich schreibe?

XX Gar nichts schreibste.

AA Wieso nicht?

XX Weil du zu lange auf'm Sofa liegst.

AA Vorläufig sammle ich noch Gedanken, erwäge …

XX Eben!

AA Aber bald fange ich an. Vielleicht schon morgen.

XX Morgen nich und übermorgen auch nich. Ich kenn dich doch.

AA Na, dann in einem Jahr, in zwei Jahren … Das ist ganz gleich. Wichtig ist nur, daß das Werk richtig reift. Dann wird es Früchte tragen.

XX Soweit wird's nich kommen.

AA Wir haben ja Zeit. Ich bleibe so lange mit dir zusammen, bis ich fertig bin.

XX Du bleibst, aber ich bleibe nich.

AA Du wirst hier doch nicht ausziehen! Wer würde denn dann die Miete für dich zahlen.

XX Natürlich zieh ich nich aus. Ich geh zurück.

AA Wohin?

XX Na, wohin wohl? Nach Hause! Ich weiß ja, wohin ich gehör. Ich geh zurück, und du bleibst hier. Ohne mich. Denn du, du kannst ja nich zurück. Du kommst nie mehr zurück. *Pause.* Na und, biste jetzt immer noch so schlau? *Pause.*

AA Wann?

XX Wann ich Lust habe. 'n bißchen bleib ich noch hier, 'n bißchen verdien ich noch Geld, und dann bin ich weg. Ich kann immer zurück.

AA Nein, du gehst auch nicht zurück.

XX Ich? Wieso ... Wie kommst'n darauf ... Ich bin ja kein Politischer.

AA Noch nicht.

XX Ich hab keine Angst. Ich hab 'ne saubre Weste.

AA Bist du sicher?

XX Wovor soll ich denn Angst haben? Da hab du mal lieber Angst. Ich hab'n reines Gewissen.

AA Du sagst, daß ich keine Briefe schreibe. Sicher nicht. Du sagst, daß ich kein Buch schreibe. Vielleicht nicht. Aber ich kann ja was anderes schreiben.

XX Was denn Schönes?

AA Eine Anzeige. *Pause.*

XX Ich hab nichts gegen die da oben getan.

AA Und wer hat sich mit einem Verräter eingelassen, mit einem degenerierten Bourgeois, einem Feind des Regimes, das heißt mit mir? Bist das nicht zufällig du?

XX Nein.

AA Wieso nicht? Du wohnst mit mir in einem Zimmer.

XX Das kannste nich beweisen.

AA Ich werde es beweisen, einfach indem ich schreibe. Es genügen ein paar Worte, sogar anonym. Du weißt genau, daß so was genügt. Und dann leb wohl, Häuschen im Garten, lebt wohl, Weib und Kinder ...

XX Weswegen?!

AA Da fragst du noch? Na bitte, da sieht man ja schon, wie verdorben du politisch bist. Ist ja auch nicht erstaunlich, das macht mein Einfluß ... Sage mir, mit wem du umgehst ... Hast du schon vergessen, daß es genügt, die gleiche Luft zu atmen wie so ein Aussätziger ... um sich anzustecken? Und du hast sogar mit mir gesprochen, Kognak getrunken … Was wissen die denn, worüber wir geredet haben, Zeugen gibt es keine. Hat man dir erlaubt, ins Ausland zu fahren, damit du dich mit einem Anarchisten anfreundest?

XX Das tuste mir nich an.

AA Wieso nicht?

XX Ich hab Frau und Kinder.

AA Das ist ja ganz neu! An die habe ich zuerst gedacht. Ja, du hast Frau und Kinder, und genau deshalb gehst du nicht nach Haus zurück. Wozu die Familie mit ins Unglück ziehen. Na, wie ist es, bleibst du bei mir? *Pause.* Du bleibst, du bleibst. Wir bleiben hier zusammen. Deinen Kindern schickst du Geschenke zu Weihnachten, dann freuen sie sich. Und was deine Frau betrifft … Bist du sicher, daß sie dich so sehr braucht?

Man hört eine Alarmsirene näherkommen.

XX Nein …

AA Na, siehst du, das trifft sich gut …

XX Es brennt …

AA Hoffentlich nicht hier?

XX Bei uns?

AA Nein, nicht »bei uns«. »Bei uns«, das heißt weit weg. »Hier«, das heißt in diesem Haus.

Die Sirene wird immer lauter.

XX Hier brennt nichts.

AA Aber es wird brennen. Das werde ich dir gleich beweisen. Hast du schon mal was von Nero gehört?

XX Nein.

AA Das war ein römischer Kaiser, der aus Langeweile eine Stadt angezündet hat.

XX *mit plötzlichem Interesse* Angezündet?

AA Natürlich. Er konnte sich das erlauben, weil er der einzige freie Mensch in seiner Zeit war. Du kannst dir vorstellen, wie er sich gelangweilt hat. Die Summe der Freiheit in einem einzigen Menschen, das ist furchtbar. Da braucht man sich nicht zu wundern, daß der Arme das nicht ausgehalten hat …

XX *beginnt, das Zimmer abzuschreiten, er beklopft Tisch und Stühle, stößt mit dem Fuß die auf dem Boden liegenden Illustrierten auseinander.*

AA Und jetzt übertragen wir das in unsere Epoche. Hier in der Republik ist jeder ein bißchen frei, zwar weniger als der Kaiser, aber mehr als die Untertanen des Kaisers. Also langweilt sich jeder proportional zu seiner Freiheit. Und wer schlechter dran ist, langweilt sich an der Langeweile der übrigen, die sich langweilen … Was suchst du denn?

XX Nichts, nichts.

AA Die Summe der Langeweile bleibt also konstant. Die Brandstiftungschancen dagegen sind gestiegen, proportional zu der Anzahl von freien Menschen. Wenn also die Chance damals, bescheiden gerechnet, eins zu einer Million stand, dann steht sie heute eine Million zu eins. Das heißt, der Brand ist mehr als sicher. Was machst du denn?

XX *hat inzwischen seinen Koffer unter dem Bett hervorgezogen und wickelt sein Kissen in die Decke* Ich packe.

AA Wozu?

XX Na, es soll doch hier brennen, oder?

AA Aber nicht bei uns. Das Feuer beginnt in den oberen Stockwerken, bei den freien Menschen. Hier unten wohnen die Untertanen des Kaisers.

XX Ganz egal.

AA Aber nein! Das ist nicht unser Feuer. Das ist deren Feuer.

XX Auch gut.

AA Das ist kein kaiserliches Feuer. Das ist das Feuer der Republik.

XX Von mir aus.

AA Wir haben kein Recht auf dieses Feuer. Wir dürfen uns nicht in fremde Angelegenheiten mischen. Wir können höchstens unter der Treppe stehen und von unten zusehen, wie es sich für Sklaven gehört. Der Blick von unten hat auch seine Vorteile. Es gibt zum Beispiel Frauen, die vor dem Feuer fliehen ... Eine fabelhafte Gelegenheit für dich ... Aber sonst? Was geht uns das alles an? Das ist weder dein Haus noch deine Freiheit. Mach dir keine Sorgen und pack deine Siebensachen wieder aus.

AA *gießt Kognak ein und geht mit dem Becher in der Hand auf die linke Seite der Bühne, er steht mit dem Gesicht zum*

Proszenium, seitlich zu XX. XX *stellt den Koffer, das Bündel und den Hund Pluto neben die Tür und dreht sich zu* AA *um.*

AA Ich trinke auf alle, die nicht das Recht haben, sich selber anzuzünden, und warten müssen, bis der Kaiser von seinem Privileg Gebrauch macht. Sie warten also, in Stille und Dunkelheit, in Kälte und Kummer, bis diese prometheische Feerie, dieses letzte großmütige Geschenk des Kaisers sie erleuchtet und erwärmt. Ja, meine Herren! Bis es uns erleuchtet und erwärmt. Weil uns nichts so erleuchtet und erwärmt, uns, die getreuen Untertanen, wie ein gutes, kunstgerecht entfachtes Feuer. Auf unsere Brüder!

Er hebt den Becher. Inzwischen hat die Sirene ihre größte Lautstärke erreicht. XX *macht die Kerze aus. Einen Augenblick lang ist es völlig dunkel. Plötzlich geht die Birne an, ein helles, grelles Licht. Oben hört man ein freudiges mehrstimmiges* »AAAAHHH«, *wie eben eine Gruppe von Menschen, die in einem Raum zusammen sind, nach einer längeren Dunkelheit das Licht zu begrüßen pflegt.* AA *und* XX *stehen sich jetzt unmittelbar gegenüber,* AA *mit dem erhobenen Becher,* XX *mit der Axt, die er zum Schlag gehoben hat. Einige Sekunden lang erstarrt die Szene.* AA *geht auf* XX *zu und reicht ihm den Becher.* XX *läßt das Beil sinken und nimmt ihn.*

AA Sie sind vorbeigefahren.
XX Es brennt nich.

AA Es muß ja nicht die Feuerwehr gewesen sein. Vielleicht war es die Polizei.

XX Du hast gesagt, das is'n Feuer.

AA Eine Hypothese. Es hätte auch ein Streik sein können.

XX Beim Elektrizitätswerk?

AA Beim Wasserwerk und beim Elektrizitätswerk. Deswegen gab es vorhin kein Wasser. *Pause.* Wolltest du mich umbringen? *XX nickt mit dem Kopf.* Ich verstehe. Du hast dir gesagt, es wird brennen. Feuer verwischt die Spuren, die Leiche verkohlt, keine Indizien. In den Flammen bin ich spurlos verschwunden. So viel Phantasie habe ich dir gar nicht zugetraut. *Er gießt sich in den anderen Becher, der auf dem Tisch steht, Kognak ein.* Jetzt sage mal, hast du wirklich geglaubt, daß es brennt? Hast du das wörtlich genommen, was ich vom Feuer gesagt habe?

XX Nein.

AA Was dann?

XX zieht eine Schachtel Streichhölzer aus seiner Tasche, schüttet sie auf die Handfläche und steckt die Schachtel wieder ein.

AA Das wird ja immer besser. Also nicht nur Mord, sondern auch Brandstiftung. *Er hebt den Becher.* Auf mein Wohl. *Beide trinken.* Du hast also geglaubt, daß ich … Meinst du immer noch, ich könnte dich denunzieren?

XX Warum nich? *Er setzt sich auf den linken Stuhl.*

AA Vielleicht hast du recht. Weiß der Teufel, wozu der Mensch fähig ist, ich kann's nicht beschwören. Aber ich würde dich nicht denunzieren. Nicht etwa, weil ich nicht dazu fähig wäre, sondern weil es völlig überflüssig ist. Du gehst sowieso nicht zurück nach Hause. Brauchst du das Beil noch? *XX schweigt.* Du fährst auf keinen Fall zurück, selbst wenn du mich aus Angst vor einer Anzeige ermorden würdest. Auch dann würdest du nicht nach Hause zurückgehen. Warum sollte ich dich also denunzieren? Beruhige dich. Ich schreibe nicht.

XX Nein?

AA Nein. Gib her. *Er steht auf, nimmt XX das Beil aus der Hand und trägt es in die Ecke zurück.* Danke Gott, daß dir das nicht gelungen ist. Was würdest du hier ohne mich tun, so ganz allein … Ist es nicht besser, wir bleiben zusammen?

XX Ich bleib nich hier.

AA Du bleibst hier, natürlich bleibst du hier, obwohl du das selber noch nicht weißt.

XX Ich will zurück.

AA Natürlich willst du. Das glaube ich dir. Du bist ja hier, um zurückzukehren. Die Rückkehr ist die einzige Rechtfertigung für dein Leben hier. Sonst würdest du es keinen Augenblick aushalten. Du würdest verrückt werden oder dich umbringen.

XX Und wer will mich daran hindern?

AA *geht nach rechts, wo XX sein Gepäck und den Hund Pluto abgestellt hat.* Pluto, bei Fuß! … So ein bockiger Köter! *Er nimmt das Maskottchen in die Hand.*

XX *steht auf* Laß ihn.

AA Ich beiß ihn ja nicht. Siehst du, du Nichtsnutz? Dein

Herrchen ist eifersüchtig. Er läßt mich nie mit dir spielen… Das ist ja nicht normal, so eine Bindung an einen dummen Hund. Noch dazu an einen ausgestopften.

XX Leg ihn hin!

AA Wieso? Darf ich ihn nicht streicheln? Weshalb bist du so eifersüchtig? Das ist verdächtig.

XX Ich bin überhaupt nich eifersüchtig. *Er setzt sich.*

AA Du sorgst aber gut für ihn… Das Hundchen platzt ja fast, so fett ist es. Womit fütterst du ihn denn?

XX Mit nichts. Is ausgestopft.

AA Na eben. Aber womit? Was hat er denn da innen drin?

XX Nichts.

AA Vielleicht ist das ein Geheimnis?

XX *steht auf* Läßte ihn jetzt los oder nich?

AA Gleich werden wir's wissen.

AA hebt die Schere vom Boden auf, und bevor XX es verhindern kann, schlitzt er dem Maskottchen den Bauch auf und zieht bündelweise Banknoten heraus.

AA Ah, jetzt verstehe ich.

XX Das ist meins! Gib das her! *Er entreißt ihm Banknoten.*

AA Jetzt verstehe ich alles. Deswegen hattest du nie Geld.

XX Gib das her, du Dieb!

AA Paß auf, was du sagst. Wenn ich dich bestehlen wollte, hätte ich das längst getan. Denkst du, ich hätte nicht gewußt, wo du dein Geld versteckst?

XX Hast rumspioniert, was?

AA Zu Anfang habe ich es mir nur gedacht. Leute wie du haben ihr Geld nicht auf der Bank. Und dann eines Abends, das muß ich zugeben …

XX Hastes gesehen?

AA Ja, ich habe gesehen, wie du deinen Hund mit Geld ausgestopft hast. Aber glaube mir, ohne es zu wollen. Wir haben einen leichten Schlaf, wir Intellektuellen.

XX Verbrecher!

XX setzt sich an den Tisch auf den rechten Stuhl und beginnt, sein Geld zu zählen.

AA Du kannst dich überzeugen, ich hab keinen Pfennig genommen. Obwohl ich das gekonnt und sogar das Recht dazu gehabt hätte …

XX Was für'n Recht?! Das is mein Geld.

AA Du schuldest mir für mehrere Monate die Miete.

XX Ich will ja nich für mich …

AA Ich weiß, ich weiß, für deine Frau und deine Kinder. Aber was geht mich das an, für wen du es hortest. Für mich ist nur wichtig, daß du ein Geizkragen bist. Das ist meine Garantie, daß du mich nie verlassen wirst. Denn dein Geld wirst du ja nicht verlassen, oder?

XX Glaubste, ich laß es dir? Da kannste lange warten.

AA Das habe ich auch keinen Augenblick angenommen. Ich erinnere dich nicht einmal an deine Schulden. Du würdest es also mit nach Hause nehmen?

XX Das is meins, das geb ich nich her!

AA Eben, »meins«. Wie du das sagst! So überzeugt, so leidenschaftlich ... Aber überlege mal. Zu Hause müßtest du das schwer verdiente Geld schließlich ausgeben. Da kannst du weder verdienen noch sparen ...

XX Is ja klar. Deswegen leg ich's ja auch hier zurück.

AA Eben, hier. Hier und nicht dort. Hier kommt jeden Tag mehr Geld dazu. Jeden Tag legst du dich mit dem Gedanken schlafen, daß du morgen wieder mehr hast, übermorgen noch mehr, in einem Jahr noch mehr und noch mehr. Du hast ein Ziel in deinem Leben, und je entfernter es ist, desto verlockender wird es. Du hast dir schon ein kleines Häuschen in einem kleinen Garten zusammengespart? Warum nicht ein etwas größeres Haus in einem etwas größeren Garten ... Das ist so einfach, du brauchst deine Rückreise nur um einen Monat zu verschieben, dann um noch einen und noch einen ... Und dann ein noch schöneres Haus und ein noch größerer Garten ... Also wirst du die Rückreise weiter rausschieben, denn je mehr du hast, desto mehr wirst du haben wollen. Die Jahre vergehen, und du schiebst diese Heimkehr immer noch auf, arbeitest und sparst. Für die Zukunft. Wieso hast du aufgehört ... Es macht richtig Spaß, dir beim Geldzählen zuzugucken ...

XX Warum sagste mir das alles?

AA Damit du verstehst, daß nicht ich dich hier zurückhalte. Daß ich keinen anonymen Brief zu schreiben brauche, damit du hierbleibst. Du bleibst von allein, freiwillig. Damit du nicht wieder auf irgendwelche Ideen mit dem Beil kommst.

XX Ich fahr nich zurück nach Haus?

AA Niemals. Obwohl du dir immer vormachen wirst, daß du ganz bald, in kürzester Zeit …

XX Niemals?

AA Weshalb regst du dich auf!? Du wirst ein schönes Leben haben, voller Hoffnung, Sehnsucht und Illusionen. Das ist nicht jedem vergönnt.

XX Aber warum niemals?!!

AA Das habe ich dir doch schon erklärt. Niemals, weil du ein Sklave bist. Zu Hause ein Sklave des Staates und hier ein Sklave deiner Habgier. Aber so oder so – du bist immer ein Sklave, und es gibt keine Erlösung für dich. Freiheit, das heißt: über sich selber verfügen, und über dich verfügt immer ein anderer oder etwas anderes. Wenn nicht Menschen, dann Dinge.

XX Was für Dinge …

AA Dinge, die du dir wünschst, die du haben willst. Die du für Geld kaufen kannst. Ein Sklave von Dingen zu sein bedeutet eine noch größere Unfreiheit als das Gefängnis. Das ist die wirklich ideale Unfreiheit, weil es keine Gewalt von außen, keinen Zwang gibt. Die Seele des Sklaven erschafft sich selbst die Sklaverei, weil sie nach Sklaverei lechzt. Du hast die Seele eines Sklaven, und nur deswegen interessierst du mich – wegen meines Werkes über das Wesen der Sklaverei, das ich schreiben will …

XX Weißte, was ich über dein Werk …

AA Das ist mir gleich, was du für ein Verhältnis zu meinen Untersuchungen hast. Einen Gelehrten interessiert es nicht, was für ein Verhältnis das Insekt zum Mikroskop hat. Ich sehe dich und beschreibe dich, das ist alles.

XX Du mich?

AA Ich dich. Und was du davon hältst, ist völlig belanglos. Entscheidend ist, daß du nicht aufhören kannst, Sklave zu sein, so wie ein Insekt nicht aufhören kann, Insekt zu sein.

XX Kann ich das nich?

AA Das kannst du nicht, weil das deine Natur ist und du die nicht ändern kannst. Du kannst es nicht, weil du dann ein anderer werden müßtest, und das ist nicht möglich. Du kannst das genausowenig, wie du nicht aufhören kannst, ein Geizkragen zu sein, genausowenig, wie du deine Träume von deiner Rückkehr aufgeben kannst, genausowenig, wie du zurückgehen kannst...

XX Ich geh zurück.

AA Du gehst nicht!

XX Ich geh zurück!

AA Und das? *Er zeigt auf ein Bündel Banknoten.*

XX Ich geh zurück, ich geh zurück, ich geh zurück!!! *Er zerreißt Banknoten.*

AA Was machst du denn?! Das ist doch Geld!!

XX Ich ... 'n Sklave ... 'n Insekt ...

AA versucht, XX zurückzuhalten, aber XX stößt ihn weg. Er zerreißt die Banknoten in kleine Stücke und wirft sie auf den Fußboden.

AA Dein Geld!!!

XX Meins ... meins ... meins ...

XX zerreißt immer weiter. AA versucht, ihn zu überwältigen, aber XX stößt ihn so hart zurück, daß AA stolpert und zu Boden fällt. XX beendet sein Zerstörungswerk.

AA Er ist verrückt geworden. *Er kriecht auf allen vieren auf dem Boden herum und sammelt die Fetzen zusammen.* Vielleicht kann man das noch kleben …

XX Kann man?

AA Nein. *Er wirft die Fetzen auf den Boden und steht auf.*

XX Was mach ich jetzt?!

AA Was weiß ich … Mach, was du willst. Jetzt bist du ein freier Mensch.

XX Was hab ich getan, was hab ich getan!

AA Was willst du denn? Du hast dich von deinem Sklavendasein befreit, du hast gegen die Tyrannei des Geldes rebelliert. Du hast bewiesen, daß du dir den Luxus der Freiheit leisten kannst. Also freu dich!

XX Aber jetzt kann ich nich zurück!

AA Vorher auch nicht. Wo ist da der Unterschied?

XX Das kommt alles durch dich.

AA Hab ich dir befohlen, das Geld zu zerreißen? Ich habe nur theoretisch Möglichkeiten erwogen – aber du wolltest ja ein Spartakus sein.

XX Ich wollte gar nichts, ich wollte nur nach Hause zurück, nur nach Hause zurück.

AA Zu spät.

AA holt aus seinem Koffer einige handgeschriebene Bogen Papier heraus. Er setzt sich an den Tisch auf den linken Stuhl und zerreißt methodisch die Bogen.

XX Was is'n das?

AA Pläne, Skizzen, Notizen. Ich wollte ja mein großes Werk schreiben.

XX Und weshalb zerreißte das?

AA Weil ich es nun nicht mehr schreibe. Es hat sich herausgestellt, daß der ideale Sklave nicht existiert. Wenn selbst so ein Zwangsarbeiter wie du seinen Augenblick der Freiheit hat ... Du warst mein Vorbild, meine Inspiration, meine These und mein Sicherheitsfaktor. In einer Minute hast du alles zerstört. Du hast die Früchte meiner Erfahrungen und meiner Überlegungen vernichtet. Du hast ein großes Werk an seiner Wurzel zerstört, du Vandale.

XX Ach was ...

AA Klar, dir ist das gleichgültig. Gleichgültig, daß die Menschheit durch deine unüberlegte Geste einen Verlust erleidet, der nie wieder gutzumachen ist. Dieses Buch sollte ein Beitrag zur Kultur der ganzen Welt sein, bist du dir wenigstens dessen bewußt? Und dazu einer der originellsten!

XX *steht auf und zieht sein Jackett aus. Er hängt es über die Stuhllehne. Er steigt auf den Stuhl und vom Stuhl auf den Tisch.*

XX Rück mal 'n Stück.

AA Und du warst so ein schöner Sklave ... Alles hast du verdorben. Weil du immer nur an dich denkst.

XX *bindet seinen Schlips ab, verknotet ihn zu einer Schlinge und befestigt ihn an der Fassung der Birne.*

AA Hängst du dich auf?
XX Na und, darf ich das vielleicht nich?
AA Du darfst, natürlich. Der Selbstmord ist ein heiliges Recht des freien Menschen, die letzte Bestätigung seiner Freiheit.
XX Na, dann rück mal'n Stück.
AA *schiebt die Papiere an den Rand des Tisches.* Das ist sogar die logische Konsequenz deiner vorherigen Tat. Wenn du einmal angefangen hast, frei zu sein, kann man dir nichts mehr abschlagen. Obwohl – ehrlich gesagt, etwas Maßhalten ganz nützlich wäre.
XX *zieht an dem Schlips, probiert seine Belastbarkeit aus.* Wird wohl halten.
AA Übertreiben zeugt von schlechtem Geschmack, aber schlechter Geschmack ist eine typische Eigenschaft von Emporkömmlingen … Vielleicht hörst du mit dem Erhängen trotzdem mal auf …
XX *legt sich die Schlinge um den Hals.* Rück'n Stück!
AA Wieso?
XX Weil ich den Tisch umkippen will.
AA Also doch. Das ist die Habgier der Emporkömmlinge.
XX Du sollst 'n Stück rücken, hab ich gesagt.
AA Die Dickhäutigkeit.
XX Rückste nu oder nich?
AA Willst du unbedingt vulgär sein?
XX Auch gut. Dann schmeiß ich ihn eben so um …
AA Warte! Wie lauten deine letzten Worte?

XX Ver …

AA Pscht! Sag nichts. Bleib mir lieber als ein erhabener Mensch in Erinnerung, wenn auch aus der Gosse. Ich weiß, was du sagen wolltest, aber das war für mich. Was ist für die Familie?

XX Für die Familie?

AA Hast du bereits vergessen, daß du eine Familie hast? Der stehen doch ein paar Worte zu. *Pause.*

XX Sie hören mich ja nicht.

AA Dann schreib ihnen.

XX Jetzt?

AA Was denn sonst? Du erhängst dich doch, nachher hast du keine Gelegenheit mehr dazu.

XX Wo ich die Schlinge schon …

AA Dann diktier mir, und ich schreibe für dich.

AA *dreht das letzte noch nicht zerrissene Stück Papier um. Er zieht einen Füllfederhalter aus der Tasche.*

AA Also los, wie fangen wir an?

XX Meine liebe Frau, geliebte Kinder …

AA *schreibt und wiederholt jede Silbe.* Mei-ne lie-be Frau …

XX Mit den ersten Worten meines Briefes möchte ich Euch mitteilen, daß ich gesund bin …

AA Gesund … Hmm, von mir aus. *Schreibt.* Was weiter?

XX Was ich auch Euch wünsche …

AA Vielleicht lieber nicht?

XX Warum nich?

AA Das gehört sich eigentlich nicht. *Er hält seine Hand an den Hals und streckt die Zunge heraus.*

XX Tatsächlich. Dann lieber nich.

AA *liest vor.* »Daß ich gesund bin.« Punkt. Was weiter?

XX ... Und es mir gutgeht.

AA *schreibt...* im Himmel...

XX *fährt mechanisch fort...* wie auf Erden. *Denkt nach:* Wieso im Himmel?

AA Na, du kommst doch in den Himmel.

XX Misch dich nich ein. Streich das.

AA Habe ich gestrichen. Was weiter?

XX Ich weiß nich.

AA Soll ich an deiner Stelle schreiben?

XX Ja.

AA *schreibt* Ich den-ke im-mer an Dich und die Kin-der...

XX Gut.

AA Und deswegen will ich mich erhängen.

XX Wie?

AA Erhängen.

XX Das schreib nich.

AA Aber es ist doch wahr.

XX Aber nich deswegen.

AA Gut. *Er schreibt...* Ich erhänge mich, weil ich überhaupt nicht an Euch denke.

XX Nein!!

AA Wieso, ist das auch nicht richtig?

XX So doch nich! Der will gebildet sein und kann noch nich mal 'n Brief schreiben.

AA Also wie würdest du das formulieren?

XX Irgendwie... kürzer.

AA Ich erhänge mich. Euer Euch liebender Vater und Ehemann. So, unterschreibe.

AA gibt XX das Blatt Papier und den Füllfederhalter. XX überfliegt den Text, dann zerknüllt er das Blatt und wirft es auf den Boden. Er zieht den Kopf aus der Schlinge und steigt vom Tisch.

AA Bedeutet das, daß wir nicht mehr schreiben? *XX dreht sich um und geht nach rechts.* Mein Füller! *XX gibt ihm den Füller zurück und legt sich auf sein Bett, mit dem Gesicht zur Wand.* Wie du willst. *Er steigt auf den Tisch und macht den Schlips wieder ab. Er wirft ihn auf den rechten Stuhl.* Du hast recht. Es ist noch nicht alles verloren. Ich rede nicht von mir, aber du ... du kannst von vorn anfangen.

Oben klappen Türen, die Schritte der Gäste auf der Treppe. Gelächter und Stimmen.

AA Du wirst sehen, wie sich deine Frau freut. Und die Kinder? Die warten auf dich, halten Ausschau nach dir ... Deine Frau wartet auch auf dich, sie hat Sehnsucht nach dir ... Das wird eine Freude sein. Alle holen dich vom Bahnhof ab, das ganze Städtchen. Vielleicht sogar mit dem Orchester ...

Ein letztes Lachen auf der Treppe. Stille.

Und was sagst du dazu? XX *antwortet nicht.* Und die Geschenke? Denk mal an die Geschenke. Du lieber Gott, was für schöne Sachen. Du bringst jedem irgendein Geschenk mit. Dies und jenes und dieses ... was weiß ich was. Du weißt ja am besten, was du kaufen sollst. Du kaufst dir alles, worauf du Lust hast. Ganze Koffer voll. Und die anderen werden dich beneiden, was? XX *antwortet nicht.* Bestimmt, da kannst du sicher sein.

AA *geht nach hinten rechts, wo* XX *seine Sachen abgestellt hatte, nimmt die Decke und deckt* XX *zu. Er geht nach links und legt sich mit dem Rücken auf sein Bett und kreuzt die Arme unter seinem Kopf.*

AA Und dann baust du dein Haus. Ein schönes Haus. Ganz hoch. Mit steinernen Mauern ... Nicht so irgendeine Holzhütte. Und Fliegen werden auch rumfliegen ... *Pause.* Die Kinder schickst du zur Schule. Die sollen was lernen und richtige Menschen werden. Das wird eine richtige gute Schule sein, weil alles gut und richtig sein wird ... Die Arbeit gibt Brot, das Gesetz Freiheit. Denn die Freiheit wird das Recht sein und das Recht die Freiheit. Geht es uns nicht allen darum, haben wir nicht alle das gleiche Ziel? Und wenn wir alle das gleiche Ziel haben, wenn wir alle das gleiche wollen, was hindert uns dann daran, eine gute und vernünftige Gemeinschaft zu bilden. Du gehst nach Hause zurück und wirst nie wieder ein Sklave sein. Weder du noch deine Kinder.

Man hört lautes Schnarchen. AA *dreht sich mit dem Gesicht zur Wand. Nach einem Augenblick mischt sich in das Schnarchen ein anderes Geräusch, zuerst ein leises Schluchzen, das immer lauter, zum Schluß herzzerreißend wird.*

Blackout

Sławomir Mrożek im Diogenes Verlag

»Mrożek ist ein engagierter Schriftsteller – also hält er die Literatur nicht für eine erhabene Spielerei mit Worten, sondern für ein Mittel, auf die Menschen zu wirken. Er ist Humorist – also meint er es besonders ernst. Er ist Satiriker – also verspottet er die Welt, um sie zu verbessern. Er ist ein Mann des Absurden – also zeigt er das Widersinnige, um die Vernunft zu provozieren.«
Marcel Reich-Ranicki

»Mrożeks Gedanken sind so ungewöhnlich, daß sie jedem verständlich sind.«
Gabriel Laub / Die Welt, Berlin

»Mrożeks politische Parabeln sind von stupender Diagnostik.« *Marianne Kesting / Die Zeit, Hamburg*

Watzlaff und andere Stücke
Aus dem Polnischen von Ludwig Zimmerer und Rolf Fieguth. Inhalt: *Nochmal von vorn, Die Propheten, Watzlaff*

Emigranten und andere Stücke
Deutsch von Christa Vogel. Inhalt: *Emigranten, Schlachthof, Buckel, Das Haus auf der Grenze*

Amor und andere Stücke
Deutsch von Witold Kósny und Christa Vogel. Inhalt: *Insel der Rosen, Fuchsquartett, Der Schneider, Amor, Zu Fuß, Die Rückkehr*

Der Botschafter und andere Stücke
Deutsch von Christa Vogel und M. C. A. Molnar. Inhalt: *Der Botschafter, Ein Sommertag, Alpha, Der Vertrag, Das Portrait, Die Witwen*

Liebe auf der Krim
Eine tragische Komödie in drei Akten. Deutsch von Christa Vogel

Das dramatische Werk in sieben Bänden in Kassette
Enthält die Bände: *Striptease, Tango, Watzlaff, Emigranten, Amor, Der Botschafter, Liebe auf der Krim*

Die Giraffe und andere Erzählungen
Erzählungen 1953–1959. Deutsch von Christa Vogel und Ludwig Zimmerer

Die Geheimnisse des Jenseits und andere Geschichten
Kurze Erzählungen 1986–1990. Deutsch von Christa Vogel

Der Perverse und andere Geschichten
Kurze Erzählungen 1991–1995. Deutsch von Christa Vogel

Mein unbekannter Freund und andere Geschichten
Kurze Erzählungen 1981–1985. Deutsch von Klaus Staemmler

Der Doppelgänger und andere Geschichten
Erzählungen 1960–1970. Deutsch von Christa Vogel und Ludwig Zimmerer

Lolo und andere Geschichten
Erzählungen 1971–1980. Deutsch von Christa Vogel, Ludwig Zimmerer und Witold Kósny

Lauter Sünder / Schöne Aussicht
Zwei Stücke. Deutsch von Christa Vogel

Balthasar
Autobiographie. Deutsch von Marta Kijowska

Das Leben für Anfänger
Ein zeitloses ABC. Mit Zeichnungen von Chaval. Herausgegeben von Daniel Keel und Daniel Kampa. Mit einem Nachwort von Jan Sidney
Ausgewählte Erzählungen auch als Diogenes Hörbuch erschienen, gelesen von Christian Ulmen

Das Leben für Fortgeschrittene
Ein überflüssiges ABC. Mit Zeichnungen von Chaval. Herausgegeben von Daniel Keel und Daniel Kampa

Außerdem als Taschenbuchausgabe lieferbar:

Emigranten
Schauspiel in einem Akt
Deutsch von Christa Vogel

Tango
Schauspiel in drei Akten
Deutsch von Ludwig Zimmerer

Auf hoher See
Striptease
Zwei Einakter
Deutsch von Ludwig Zimmerer

Friedrich Dürrenmatt
Werkausgabe im Diogenes Verlag

Werkausgabe in 37 Bänden mit einem Registerband

Jeder Band enthält einen Nachweis zur Publikations- und gegebenenfalls Aufführungsgeschichte sowie zur Textgrundlage

● Das dramatische Werk

Es steht geschrieben/ Der Blinde
Frühe Stücke

Romulus der Große
Eine ungeschichtliche historische Komödie in vier Akten. Neufassung 1980

Die Ehe des Herrn Mississippi
Eine Komödie in zwei Teilen (Neufassung 1980) und ein Drehbuch

Ein Engel kommt nach Babylon
Eine fragmentarische Komödie in drei Akten. Neufassung 1980

Der Besuch der alten Dame
Eine tragische Komödie. Neufassung 1980

Frank der Fünfte
Komödie einer Privatbank. Neufassung 1980

Die Physiker
Eine Komödie in zwei Akten. Neufassung 1980

Herkules und der Stall des Augias / Der Prozeß um des Esels Schatten
Griechische Stücke. Neufassung 1980

Der Meteor / Dichterdämmerung
Zwei Nobelpreisträgerstücke. Neufassungen 1978 und 1980

Die Wiedertäufer
Eine Komödie in zwei Teilen. Urfassung

König Johann / Titus Andronicus
Shakespeare-Umarbeitungen

Play Strindberg/ Porträt eines Planeten
Übungsstücke für Schauspieler

Urfaust / Woyzeck
Zwei Bearbeitungen

Der Mitmacher
Ein Komplex. Text der Komödie (Neufassung 1980), Dramaturgie, Erfahrungen, Berichte, Erzählungen. Mit Personen- und Werkregister

Die Frist
Eine Komödie. Neufassung 1980

Die Panne
Ein Hörspiel und eine Komödie

Nächtliches Gespräch mit einem verachteten Menschen / Stranitzky und der Nationalheld / Das Unternehmen der Wega
Hörspiele und Kabarett

Achterloo
Achterloo I/Rollenspiele (Charlotte Kerr: ›Protokoll einer fiktiven Inszenierung‹; Friedrich Dürrenmatt: ›Achterloo III‹) / Achterloo IV / Abschied vom Theater
Mit Personen- und Werkregister

● Das Prosawerk

Aus den Papieren eines Wärters
Frühe Prosa

Der Richter und sein Henker / Der Verdacht
Die zwei Kriminalromane um Kommissär Bärlach

Der Hund / Der Tunnel / Die Panne
Erzählungen

Grieche sucht Griechin / Mister X macht Ferien/ Nachrichten über den Stand des Zeitungswesens in der Steinzeit
Grotesken

Das Versprechen
Requiem auf den Kriminalroman /
Aufenthalt in einer kleinen Stadt
Fragment
›Das Versprechen‹ auch als Diogenes Hörbuch erschienen, gelesen von Hans Korte

Der Sturz / Abu Chanifa und Anan ben David / Smithy / Das Sterben der Pythia
Erzählungen

Justiz
Roman

Minotaurus / Der Auftrag oder Vom Beobachten des Beobachter der Beobachter / Midas oder Die schwarze Leinwand
Prosa

Durcheinandertal
Roman

Labyrinth
Stoffe I–III: ›Der Winterkrieg in Tibet‹/ ›Mondfinsternis‹/›Der Rebell‹. Vom Autor revidierte Neuausgabe. Mit Personen- und Werkregister
Auch als Diogenes Hörbuch erschienen, gelesen von Wolfgang Reichmann

Turmbau
Stoffe IV–IX: ›Begegnungen‹/›Querfahrt‹/›Die Brücke‹/›Das Haus‹/›Vinter‹/›Das Hirn‹. Mit Personen- und Werkregister

Theater
Essays, Gedichte und Reden. Mit Personen- und Werkregister

Kritik
Kritiken und Zeichnungen. Mit Personen- und Werkregister

Literatur und Kunst
Essays, Gedichte und Reden. Mit Personen- und Werkregister

Philosophie und Naturwissenschaft
Essays, Gedichte und Reden. Mit Personen- und Werkregister

Politik
Essays, Gedichte und Reden. Mit Personen- und Werkregister

Zusammenhänge
Essay über Israel. Eine Konzeption /
Nachgedanken
unter anderem über Freiheit, Gleichheit und Brüderlichkeit in Judentum, Christentum, Islam und Marxismus und über zwei alte Mythen. 1980
Mit Personen- und Werkregister

Versuche / Kants Hoffnung
Essays und Reden. Mit Personen- und Werkregister

Gedankenfuge
Essays. Mit Personen- und Werkregister /
Der Pensionierte
Fragment eines Kriminalromans (Text der Fassung letzter Hand)

Registerband zur Werkausgabe
Chronik zu Leben und Werk. Bibliographie der Primärliteratur. Gesamtinhaltsverzeichnis. Alphabetisches Gesamtwerkregister. Personen- und Werkregister aller 37 Bände